아치울의 리듬

아치울의 리듬

The Rythm of Achiwul

호원숙

마음의숲

일러두기

- 이 책의 103쪽과 장표제지의 그림은 저자의 손녀딸 황수민 양이, 표지 및 다른 쪽수의 그림은 저자가 그렸습니다.

아침에 일어나 마당을 한 바퀴 돌면서 꽃들과 눈을 맞춥니다. 비에 젖어 여리고 하얗던 이파리가 다 무너져버린 모란을 바라봅니다. 아직도 노란 수술과 빨간 암술은 생생합니다. 거느리는 신하는 없지만 혼자 왕관을 쓰고 앉아있는 왕과 같습니다. 곧 씨앗이 맺히게 되겠지요. 어머니는 아치울에 집을 지으면서 붉은 모란을 두 그루 심으셨습니다. 저는 어머니가 돌아가신 후 그 곁에 하얀 모란을 심었습니다. 지난해부터는 그 아래 떨어진 새끼 모란이 분홍색으로 피어났습니다. 경이로운 일이었습니다. 저에게 이런 놀라움을 기록하는 것이 자연스러운 리듬이 되었습니다.

　자유롭게 흘러나오는 생각을 글로 쓰는 것이 어릴 적부터 저의 꿈이었습니다.

글을 쓸 수 있는 것만으로도 꿈을 이루었는데 책으로 나오게 된 것은 큰 행운이 아닐 수 없습니다. 먼저 떠난 남동생과 보문동에서 어릴 적 같이 놀던 친구가 출판사를 한다고 했습니다. 이렇게 책을 내게 되기까지 권대웅 시인을 만난 적이 없지만 그는 저의 글 파일 보따리를 가져다 구슬을 꿰어주었고 사금파리를 보석처럼 빛나게 해주었습니다. 저와 제 손녀가 그린 그림들을 페이지에 앉혀주었습니다.

이 책을 내게 된 동력에는 저의 손녀딸이 있습니다. 그 애는 작년 뉴욕의 초등학교에 다니고 있었는데 미술 시간에 그린 팬데믹 시대의 자화상으로 뉴욕시 교육부에서 주최한 맨해튼 미술대회에서 상을 받았고 뉴욕현대미술관MoMA에서 전시를 하게 되었습니다. 저는 그 애와 뉴욕현대미술관에 가는 것이 소원이었는데 그 애의 그림이 그곳에 걸리게 되다니, 꿈같은 일이었습니다. 손녀딸은 그림 아래 글에서 할머니의 책에 그림을 그리고 싶다고 하였습니다. 커서 화가가 되고 싶다거나 하는 것이 아니라 작가인 할머니의 책에 그림을 그리고 싶다는 짧은 글은 저에게 아주 현실적인 동기가 되었습니다. 그 애는 이제 아기가 아니었습니다. 마스크로 가린 얼굴 속의 눈은 서늘하게 자아를 응시하고 있었습니다.

저는 아치울에서 밥을 해먹으며 글을 썼고 어머니에

관한 일을 했습니다. 한때 저는 어머니의 충실한 심부름꾼, 집사로도 충분히 많은 일을 할 수 있다고 생각했습니다. 그만큼 어머니를 사랑했고 존경했습니다. 그러나 글을 쓰면서 저 자신을 알게 되었고 나만이 가진 언어의 리듬과 감각을 발견했습니다. 그리고 저 자신을 더 사랑하게 되었습니다.

제가 바라보는 것이 영감을 주었고 아름다웠으므로 그때그때 잊지 않기 위해 쓰게 되었습니다. 스쳐 지나가는 자연과 좋은 인연의 사람들, 일용할 양식들의 감촉을 기록하고 싶었습니다. 그런데 되돌려 제 글을 읽어보니 허구와 같습니다. 분명 소설을 쓴 것이 아닌데 지난 것은 벌써 현실이 아닌 허구가 된 것 같습니다.

글과 그림 보따리를 정리하고 가려서 하나의 책을 만들어준 마음의숲 편집부, 낱말 하나도 허투루 하지 않고 애써준 윤소현 님께 감사의 뜻을 전합니다. 매일매일 올리는 글을 읽어준 카페의 친구들에게 사랑한다는 말을 전하고 싶습니다.

2023년, 아치울에서

호원숙

1장
꽃과 나무의 리듬

2장
마을의 리듬

3장
우주의 리듬

✳ ✳ ✳

1장

꽃과 나무의 리듬

리듬을 따라간다는 것

한 달 전부터 글을 다시 쓰기 시작하여 이틀에 한 번꼴로 올렸다. 이제 나의 루틴이 된 것 같다. 루틴이란 말을 좋아하지는 않지만 역시 편안한 시간을 확보하려면 일찍 일어나서 새벽 시간을 내야 한다. 쓸데없는 영상은 덜 보고 책을 보는 것이 눈에도 좋다. 글에 대해서 강박적인 생각을 가지면 스스로에게 좋지 않다고 생각한다. 글이 떠오르면 쓰고.

그러나 글이란 게 묘해서 그때그때 쓰지 않으면 달아나고 흘러가 버린다. 말은 그때그때 안 해서 후회하는 거보다 참지 못하고 해서 후회하는 일이 더 많다.

새벽에 별하늘을 볼 수 있는 것이 좋다. 주변에 가로등 빛 때문에 별빛이 선명하지는 못해도 오리온자리를 보면 반갑다. 나란히 있는 별 세 개. 공기가 맑다는 증거이기도 하다.

어제는 아차산에 올랐다. 조금만 올라가려 했지만 계단에 오르는 제5보루까지 걷게 되었다. 휴일이 아닌데도 꽤 많은 사람이 산에 올랐다. 서울 쪽에서 오르는 사람들이 더 많았다.

서쪽으로는 인수봉과 이어지는 서울을 둘러싼 산과 지형과 도시가, 동쪽으로는 아치울 마을이 한눈에 보이는 전망이다. 우리 집도 보인다. 그리고 한강의 흐름이 보인다. 요새로서 멋진 산이다.

오후에 《생활성서》에서 편집장과 수녀님이 오기로 해서 5보루까지만 갔다가 내려왔다. 집에 왔는데 벌써 차 한 대가 집 앞에 서며 수녀님 한 분이 내리는 게 아닌가? 약속 시간보다 30분이나 먼저 오신 것이다.

반기며 같이 들어와 마당을 보여줬다. "마당 먼저 보세요." 했더니 마당이란 말을 오랜만에 들어본다고 하셨다. 나는 들어와서 차를 준비하고 케이크를 썰었다. 어제 구워놓은 사과케이크와 동네 찻집에서 산 초코케이크를 내어놓는다. 수녀님을 위하여.

거실에 해가 깊이 들어와서 저절로 손님 대접이 된다.

같이 온 편집장은 아이가 둘 있는 가장이라고 하니 그저 든든해 보인다. 아이들 보라고 동화책 몇 권을 선물해준다.

내 글이 《생활성서》 11월호에 나오게 되어 잡지를 가지고 오셨다. 우편으로 보내주어도 되는데 꼭 오고 싶다 해서 약속을 한 것이다. 수녀님은 나에게 손편지로 쓴 카드를 주셨다. 정성을 다해 감사하는 마음으로 쓴 글이다. 김 멜리티나 수녀님께도 내 책을 드렸다.

그렇게 10월의 오후가 간다.

어머니 살아계실 때에 숱하게 있었던 장면들이 기시감으로 떠오른다. 출판사나 신문사에서 사람들이 찾아오고 어머니가 손님을 맞던 장면. 나는 차를 준비하고 내놓던. 그때는 그런 장면이 마냥 이어질 것 같았다.

며칠 전 책 정리를 하다가 얇은 문고본의 러시아문학 시리즈를 보았다. 정리하다가 말고 다시 꺼내어 읽기 시작했다. 투르게네프의 《파우스트》, 도스토옙스키의 《우스운 자의 꿈》.

참 이상도 하지. 200년 전 사람의 글이 지금 다가오다니. 술술 읽히는 게 신기했다. 투르게네프와 도스토옙스키가 친구같이 느껴졌다. 분명 번역을 거쳤는데도 작가의 목소리가 들리며 페테르부르크의 거리를 같이 걸어가는 듯했다. 괴테의 《파우스트》를 읽어주는 남자 이야기를 쓴 투르게네프도 친근하게 느껴졌다.

아침이 밝아오네.

리듬의 악보

비아의 리듬이 어찌 된 것인가?

스스로 묻는다. 머릿속으로는 글을 쓰고 있는데 다잡아지지 않는다. 글이 파편처럼 흐트러지고 다시 주워담을 수가 없다. 아직 어둠이 내리는 마당을 바라본다. 곧 날이 밝아올 것이다. 작은 탁자 위에는 책이 수북이 쌓여있다.

거의 다 읽어서 접힌 곳만 수십 페이지가 되는 책도 있지만 아직 제목이 눈에 들어오지 않는 책도 있다. 모든 책은 영혼을 갈아 넣은 것인데, 미안하지만 다가가기가 어렵다. 내 머릿속이 용량 초과다.

엊그제 밤엔 전인권과 한영애의 노래를 듣고 눈물이 어리다 잠에 들었다. 노래라고 하기엔 절규와 같은 노래.

그 노래를 들었던 젊은 시절이 생각났다. 경복궁 앞의 지하 라이브 카페.

그동안 그런 노래를 통 듣지 않았는데 갑자기 불러일으키듯이 와닿았다. 심지어는 전인권의 흩어진 머리칼과 꽁지머리가, 그런 자유가 부러워지는 게 아닌가? 누구도 그렇게 부러워한 적이 없었는데 왜 하필 전인권일까?

그렇게 잠이 들고.

어제는 아들이 보내온 오디오북을 들으며 잠들었다. 눈물을 찔끔거리며. 할머니의 동화책《자전거 도둑》을 읽은 녹음 파일을 딸에게 들려준다는 것이다. 나는 아들의 목소리를 자장가 삼아 들으며 잠을 잔다. 감미롭다기보다는 너무 슬픈 이야기다. 어머니는 왜 이렇게 슬프고도 아름다운 이야기를 쓰셨을까? 나는 슬프기가 싫은데.

아들의 목소리는 군더더기가 없고 작품의 본질에 닿아있다. 제 딸에게 전달하고자 하는 진실에 닿아있다.

나는 새벽이 밝아오는데 그 슬픔과 진실을 잊지 않으려 그 리듬의 악보를 쓴다.

실크로드

불규칙적이다. 어느 날은 영화를 3시까지 보다가 늦게 일어났다. 그런 게 후회가 되어 어제는 일찍 푹 잤더니 일찍 일어난다. 아직 해가 뜨기 전 차가운 신문을 갖다 놓는다.

외출했다 들어오니 현관 앞에 큰 택배 박스가 두 개 놓여있다. 언박싱이라고 하나. 요즘 젊은이들 표현. 하나는 내가 주문해 놓고도 잊고 있었던 실크로드로부터 온 것, 다른 하나는 추부면에 사는 지인이 보낸 농산물이다. 가지색이 나는 고추, 연두색 당조고추, 통통하고 작은 오이, 명이나물을 구메구메 싸 보내셨다. 얼마 전 손주 보라고 동화책이랑 내 책을 챙겨 보냈더니 답례로 보낸 것이다.

오이는 모양이 들쑥날쑥하지만 아삭아삭하다. 이걸 어찌해야 하지? 오이김치를 담그든지 해야 한다. 당장은 어찌해야 할지 모르겠다.

추부면의 지인은 뉴질랜드에서 딸이 약혼식한다고 어머니와 나를 초대했던 분이다. 내가 여행기에 쓴 것을 다시 읽어본다. 써놓고 책까지 냈으면서 디테일은 다 잊어버린 게 아닌가? 어머니는 이탈리아에 갔다 온 여독이 풀리지 않아 가길 포기하셨고 동생은 "엄마가 안 가니까 나도 안 가" 하여, 나는 초대한 사람과 그리 친한 사이도 아닌데 대신 가게 되었던 여행. 그러나 푸근하고 융숭한 대접을 받으며 뉴질랜드의 자연을 즐겼던, 그 여행기의 제목이 바로 〈자연에 깃든 영혼〉이었다. 그 집에서 차려주었던 완전히 한국식의 밥, 대가족의 어울림, 질은 형제애가 낯익으면서도 낯설었다. 존경하는 작가의 딸이라는 이름으로 받았던 대접이었다.

세월이 흘렀는데도 농사지은 자연의 선물을 받으며 뉴질랜드의 여행 기억을 떠올린다. 웰링턴까지 비행기로 혼자 가서 《그 많던 싱아는 누가 다 먹었을까》를 번역한 엡스타인 교수 가족을 만난 하루 동안의 여정. 써놓지 않았다면 모두 희미한 기억 속에 묻혀버렸겠지.

실크로드에서 온 택배를 언박싱한다. 폭이 좁으나 실

이 굵은 광목, 덜 굵은 광목, 아이보리색 아사 손수건. 바느질거리를 주문한 동대문종합시장 가게 이름이 실크로드다. 가게 이름이 얼마나 멋진지. 예전에는 직접 갔지만 요즘은 전화로 주문한다. 수실도 무슨 무슨 색깔을 원한다고 하면 리스트를 보내주고 인터넷으로 각종 바느질 소품을 볼 수 있다. 프랑스에 사는 화가 친구 권이나가 한국에 왔을 때 같이 간 적이 있는데 "프랑스에는 이런 시장 없어"라며 황홀한 지경이라고 했다. 실크로드뿐만 아니라 옷감이나 부자재를 파는 수많은 재료 가게들을 보며 감탄했던 생각이 난다.

그런데 광목을 주문했지만 아무 계획이 없는 것이다. 뭐라도 하고 싶은 기분이 우러날 때 해야지. 손이 비어있는 시간에 예쁜 수실로 홈질이라도 해야지 생각하면 가슴이 설렌다. 아직도 설레는 일이 있다는 것이 얼마나 고마운가?

그러고 보니 모두 일감이네.

쓰는 동안 서서히 아침이 밝아 온다. 머리가 맑다.

미루지 말아야지

12월의 첫날이다. 일어나기 전 떠오르는 생각으로 하루를 시작한다. 오늘은 미루지 말아야지.

다 읽어내지 못한 책이 쌓여있으면 짜증이 나고 정리하지 않은 냉장고는 열 때마다 기분이 상한다. 그래도 하루 세끼를 하다 보면 다 먹어내지 못한 음식이 쌓이게 된다. 냉장고 속 다시 꺼내지 않을 음식을 버리면서 미안하다고 중얼거리고 그릇들을 식기세척기에 넣어 돌린다.

어제 반나절은 폰을 보지 않고 일을 하리라 결심했다. 그래도 뉴스와 유튜브는 안 볼 수가 없다. 나의 무관심 속에서 세상이 잘못 기울어질까 봐 걱정되기 때문이다.

탁자에 쌓인 책을 정리한다. 읽어야 되는 책만 남기고 나머지는 서재로 보낸다. 미안해, 다 훑어보지 못한 것이.

털실로 손녀 목도리를 뜨려 했지만 포기했다. 코바늘을 돌리는 긴장감을 손가락이 견디지 못한다. 사놓은 털실을 어쩌지?

가장 완벽하게 즐거운 샤워 시간. 뜨거운 물이 온몸을 적시면 충분히 행복하다. 미용실에서 추천받아 산 헤어 영양크림을 바른다. 힘없는 머리칼에 정성을 들여보자.

택배가 와서 열어보니 핸드크림이 들어있다. 새 물건을 출시하면서 어머니의 글을 인용한 카드를 넣었나 보다.

수둑수둑 마른 꽃과 잎에다가 백반을 섞어서 곱게 빻아 피마자 잎에 싸놓는다.

한참 들여다본다. 화장품의 향기를 떠올리게 하는 글 한 소절. 봉숭아 물들이던 풍경이다. 젊은이들이 많은 노력을 하고 있구나. 고마울 뿐이다. 냉장고 청소로 찌든 손에 새 핸드크림을 발라본다. 젊은 향취가 은은히 번진다.

조향사인가? 열 가지가 넘는 핸드크림의 설명이 시적이다. 100개씩 한정 판매라니 아무리 마케팅 발상이라지만 호기심이 발동한다. 핸드크림 하나도 나만의 취향으로 정성을 들이라는 뜻인가?

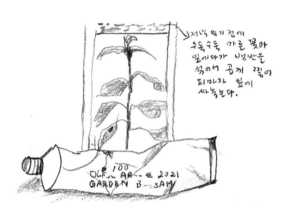

저녁 먹기 전에
수북수북 자른 꽃과
잎이다가 바깥받은
섬에서 곱게 길어
피마자 잎이
싸놓는다.

건조한 마음

눈이 떠져도 좀 더 눕고 싶다. 이불 속에서 이 생각 저 생각을 하다가 일어난다. 어쩔 수 없는 생리현상이 와야지 꾸무럭거리며 일어난다. 어제는 그래도 음악 프로그램을 다 보고 잤는데 뚜렷한 기억이 없네. 볼 때는 재미있게 보았는데. 나의 유전자는 그런 데 푹 빠지지 못하나 보다. 젊을 때 팝송을 좋아했지만 어떤 가수의 마니아가 되지는 못했다.

　나의 가까운 지인 한 분은 10여 년 전 드라마의 팬클럽을 아직도 하고 있다. 한편으로는 부럽기도 하다. 그 드라마의 PD와 배우들과 정기적으로 만나고 때로는 가족처럼 지낸다고 한다. 나는 그 드라마를 보지 못했기 때문에 그런 대화를 나누려면 좀 미안하다.

어디에도 미치지 못하고 열광하지도 않는다. 그냥 지긋이 바라본다. 좋게 말하면 관조이지만 그냥 건조한 마음이다.

아침 마당에 나가니 영하로 떨어진 기온 때문에 튤립 구근을 심은 땅에 얼음 기둥이 솟아있다. 그날 잘 심었지. 버거운 일이었지만 하고 나면 보람이 있다.

요즘 즐겨 하는 음식이 있다. 감자전이다. 감자를 깎아 강판에 간다. 끝까지 갈면 손을 다칠 수가 있으니 조금 남은 것은 채를 쳐서 같이 넣고 소금만 조금 넣어 부친다. 기름을 넉넉히 두르는 것이 팁이라면 팁. 그래야 바삭한 맛이 난다. 손의 공력이 들어가긴 하지만 감자의 변신이 꽤 괜찮다. 하도 반찬 구성이 어려우니까 하나의 반찬으로도 입맛을 돋울 수 있다면 금상첨화. <식객 허영만의 백반기행>에 나왔던 한 음식점에서도 감자전을 보여주었는데 바삭바삭한 해시 포테이토처럼 보이기도 했다.

그 자리에서 글을 쓰기도 하지만 이렇게 꾸물꾸물 하루가 지났다. 에너지가 약간씩 딸리는 것이다.

며칠 전 선물을 받았던 핸드크림 회사에 주문 전화를 했더니 100개 한정판매라서 이미 다 팔렸다고 한다. 어머니 글에서 영감을 받아 만든 향이라 아이들과 젊은 조카들에게 선물하려 했더니 인터넷에서 다른 제품을 사야 한단다. 그러니 금세 사고 싶은 의욕이 떨어지네.

마음이 우러날 때 해야지. 선물이란 것은.

보문동의 생일상

생일이 다가오면 가슴 뛰는 증상이 있다. 어떨 때는 시름 시름 앓기도 했다. 올해는 감사하게도 리듬을 잘 유지하고 있다.

이맘때가 되면 결혼 전까지 생일에 친구를 초대하기 도 했던 보문동 집이 떠오른다.

한옥 본채에서 떨어진 툇마루가 있는 방이었다. 내 방 에서 생일상을 받은 기쁨을 잊을 수 없다. 그때 왔던 친구 들과 지금까지도 친하게 지낸다. 미역국과 불고기와 새콤 달콤하게 무친 오이도라지초무침, 감자와 계란과 오이를 넣은 샐러드는 어머니가 즐겨 차려주시던 메뉴였다. 친구 들은 맛있다며 오이도라지초무침의 국물까지 들이켰고 오래오래 기억했다.

그 방에서 《죄와 벌》과 《안나 카레니나》와 《분노의 포도》를 읽으며 꿈을 꾸었고 어머니의 첫 소설 《나목》을 보았다. 그리고 인수분해와 미적분을 풀었다. 수학 문제는 어려웠지만 혼란스럽지 않았다. 정교했고 아름다운 질서가 있었다. 풀어가는 시간이 얼마나 뿌듯하고 행복했는지 모른다. 팝송을 듣고 있었지만 공부에 몰입할 수 있었다.

대학에 들어가서는 그런 공부를 한 적이 없다. 밤을 새운 적도 몰두한 적도 없다. 물론 좋은 책에 빠져 감동과 전율을 느낀 적은 있었지만.

손자가 아직 어리니까 아이들을 데리고 오기 힘들다고 아들 집에서 할머니 생일 파티를 하자고 한다. 그것도 좋았다. 손녀는 할머니가 앉을 자리에 네임 카드를 만들어놓았다. 귀여운 아이. 그것만 해도 나는 충분히 기뻤다. 나는 그 카드를 슬쩍 지갑에 간직한다. 행운과 사랑의 부적과 같이.

늙으면서 기쁨이 줄어든다는 건 엄살이고 거짓말이다. 하도 많이 기뻐서 느낌이 줄어든 것일 뿐. 기쁨을 주는 일은 얼마든지 있으리라. 반복되는 일상에 지쳐서 그 기쁨을 발견하지 못하는 것이다.

나는 머리를 단정히 깎고 정성 들여 몸을 닦으며 생일

맞을 준비를 한다. 그리고 나 자신과 마주본다. 어쩌면 나
르시스적인 자기애와 연민이 합쳐진 눈빛을 보낸다.

내가 살던 보문동

얼마 전 한 시인의 시집에서 〈보문동〉이란 제목의 시를
보고 놀랐다. 보문동에 살아본 사람이 아니면 쓸 수 없
는 시였다.

> 햇빛이 너무 좋아서
> 그 곁에서 깜박 졸고 일어났을 뿐인데
> 백발이 되었다.
>
> ― 권대웅, 〈보문동〉

　내가 살던 보문동 집은 유난히도 양지바른 집.
1960년대 초반이었다. 초등학교 2학년 때에 충신동에서
보문동으로 이사를 왔다. 충신동은 서울의 문안이었지만

20평도 안 되는 비좁은 한옥이었던 것에 비해 보문동은 문밖이지만 56평 한옥은 대궐과 같았다. 이사 올 당시 동네 이름도 신설동이었다. 동대문밖에 새로 생긴 동네였다. 널찍한 돌계단을 오르면 큰 대문 양쪽으로 쪽문이 있었고, 그 쪽문은 비밀스러운 별채로 들어가는 문 같았다. 무거운 나무의 삐꺼덕 소리를 들으며 대문을 들어서면 꽤 넓은 대문간이 있었고 대문간과 마당을 지나 화강암의 댓돌을 딛고 마루로 올라갔다. 정남향의 마루는 여름에는 시원했고 겨울에는 더 깊은 곳까지 볕이 들어왔다.

대청마루에 누우면 춘양목으로 지었다는 대들보가 참으로 듬직했다. 그 마루에는 아버지가 딸들을 위해 사주었던 아리아 피아노가 놓여있었다. 우리나라에서 최초로 제작한 피아노의 이름을 아는 사람이 있을까.

다른 집과는 달리 특이한 일본식 욕조가 있었다. 불을 때서 목욕물을 데우는 가마솥과 같은 둥근 욕조였는데 나무 발판을 몸무게로 누르고 욕조에 들어가야만 뜨거운 가마에 데는 것을 막아주었다. 자매들이 둘씩 들어가 목욕을 하면 부러울 것이 없었다. 안방에는 대문이나 마당을 내다볼 수 있는 작은 창호지 문이 있었고 방마다 툇마루가 있어 그곳에 앉으면 늘 숨을 고르게 되었다. 안방에는 부엌으로 난 작은 문이 있었는데 마루를 통하지 않고도 김이 무럭무럭 나는 따끈한 음식을 나를 수 있었다. 그 마당에는 언제나 햇빛이 가득했고 팬지, 글라디올러스, 장미, 과꽃, 봉숭아, 유도화, 포도나무를 심었다. 늦여름 붉은 샐비어가 가득 피어 그 꽃의 미미한 꿀물을 빨아먹는 것이 큰 재미였다.

한옥의 방은 창호지 문을 닫으면 의외로 안온한 비밀의 공간이 되었다. 우리들 공부방에는 동네 목수한테 부탁하여 붙박이 책장과 책상을 짜주었다. 그 당시로는 새로운 아이디어였다. 어머니는 그 책장에 정음사와 동화출판사의 빨간색 표지의 세계문학전집을 들여놓아 주었다. 책장을 바라보는 것만으로도 뿌듯한 자랑스러움을 느낄 수 있었다. 그걸 다 읽으면 어머니처럼 될 수 있을까?

고등학교 2학년 때였다. 어머니의 첫 소설 《나목》이 나오던 때의 기억은 지금까지도 가슴에 칼끝이 지나가듯이 강렬하다. 문장 하나하나가 후벼파듯이 다가오는데 마음이 얼마나 불편했던가. 밥을 먹지 못하고 첫 책을 읽는 딸의 방 앞에 잠시 서성이던 어머니의 모습이 꿈속만 같다.

어머니는 안방에서 글을 쓰셨다. 아버지 곁에서, 때

로는 엎드려서, 때로는 작은 소반 위에서. 안방에는 책상
도 없었고 책꽂이도 없었다. 어머니는 글을 쓰다가 가끔
사전이나 책을 찾으러 우리 방에 오셨다. 내 방에 들어와
서 뭔가를 확인하는 어머니의 모습이 얼마나 좋았던가?

　　보문동 방에서 풀었던 미적분과 끝까지 읽었던 세계
문학은 나의 자존심이 되어주었다. 그리고 밤새도록 팝
송을 들으며 공부하던 나만의 시간은 진정 순수한 행복
이었던 것 같다. 부끄럽게도 그 이후 그렇게 치열하게 공
부해 보지 않았고 그때와 같은 기쁨을 느끼지 못했다.
300원에 샀던 해적판 퀸의 레코드판을 들으며 느꼈던 자
유로움을 잊을 수 없다. 그건 어머니는 모르는 세계였다.

　　학교 가는 길에 어머니의 원고 심부름을 했다. 광화
문 근처의 신문사나 문학잡지사에 원고를 갖다 주려 책
가방 속에 조심스레 넣어가는 마음은 얼마나 뿌듯하고
거룩하였던가. 나는 원고를 미리 꺼내 읽지 않았다. 나
의 임무는 오직 충실한 배달부로 충분하다는 생각도 있
었지만 어머니의 원고에 대한 경외감, 비밀문서와 같은
떨리는 은밀함도 있었다. 그때는 검열의 시대가 아니었
던가. 어머니는 용감하고 아슬아슬하게 그 시대를 증언
하였으니까.

어머니는 매일 아침 여러 아이의 도시락을 썼고 매년 100포기가 넘는 김장을 하였고 다섯 개가 넘는 방의 연탄불을 번갈아 갈으셨다. 그리고 망령이 점점 심해지는 할머니를 돌아가실 때까지 모셨다. 점점 작아지는 할머니의 쪽진머리에서 스르르 흘러내리던 은비녀가 기억난다.

어머니는 보문동 집에서 《나목》, 《휘청거리는 오후》, 《도시의 흉년》, 〈부끄러움을 가르칩니다〉, 〈조그만 체험기〉, 〈엄마의 말뚝〉을 쓰셨다. 결혼하여 첫아이를 낳았을 때도 보문동 집에서 친정어머니가 끓여주는 미역국을 먹으며 몸조리를 하셨다. 할머니의 건넌방이었다. 분명 나를 낳아 기른 해산 바가지에 쌀을 씻고 미역을 씻으셨으리라. 그리고 그 이듬해 아파트로 이사를 하면서 보문동 한옥은 추억 속의 공간이 되어버렸다. 보문동에서 찍은 어머니의 사진이 지금도 어머니의 서재에 걸려있다.

"그 집에서는 좋은 일만 있었지. 그때는 행복했지."

돌아가시기 얼마 전 어머니가 하시던 말씀이다. 그 사진이 어머니의 영정사진이 될 줄은 아무도 몰랐으리라.

기억을 더듬으며 보문동 집을 그린다. 나를 키웠던 그 공간과 시간을 그려본다.

가지치기의 의미

집의 서편으로 큰 방이 있는데 어머니가 집을 지을 때부터 큰딸인 나를 생각해서 만든 공간이다. 붙박이 옷장이 있고 책상에 딸린 책장도 있고 침대도 있어서 그 방 하나만으로도 지내기 충분하다. 그런데 그 방에서만 와이파이가 잘 터지지 않는다. TV도 없어 조용하고 은밀하다.

　나는 이 방 가까이에 있는 욕실에서 샤워를 하고 옷을 갈아입는 시간을 좋아한다. 큰 거울이 있는 좌식 화장대는 어머니가 쓰다가 일찍이 나에게 주신 거다. 나는 거울이 있는 화장대가 참 중요하다는 걸 나이 들어서야 알았다. 자신을 가다듬는 시간, 발뒤꿈치에 크림을 바르고 온몸에 보디로션도 발라야 하는 걸 다 늙어서야 안 것이다. 목욕탕이나 리조트에서 크림을 온몸에 치덕치덕 처바르는 여

37

자들을 참 한심하게 보지 않았던가. 후다닥 대충 바르고 머리도 말리지 않은 채 튀어나가는 나야말로 모자란 여자였다는 걸 다 늦게서야 느낀다.

그렇게 느꼈더라도 평생의 버릇이 쉽게 고쳐지지 않는다. 뒤늦게 느긋하게 하려고 애쓸 뿐. 적어도 거울 앞에 앉아 기초화장품을 바르는 시간이라도 온전히 내 얼굴을 위해 쓰려고 한다. 아껴주는 만큼 표가 나리라 믿는다.

어제는 봄 준비로 마당 일을 했다. 새순이 나기 전에 작업을 하지 않으면 나중에 가서 낙엽을 긁어낼 수가 없다. 국화 꽈리 찔레 백합 수국 등 다 핀 가지들은 이제 물기가 조금도 없어 바스라졌다. 감나무, 목련나무, 단풍나무 낙엽이 어찌나 수북이 쌓였는지 그걸 긁어모아 파란 비닐봉지에 넣는데 끝도 없이 들어갔다.

마당을 기듯이 일을 했다. 판판한 것 같지만 마당 구석구석 기어다녀보니 구릉의 높낮이가 있었다. 땅은 녹아 이제 부슬부슬 벌써 공기가 통하고 들떠있었다. 낙엽 사이로 수선화는 뾰족하게 순이 나왔다. 여기저기서 나오기 시작하면 걷잡을 수 없다.

일을 하면서도 나의 머리엔 과연 언제까지 이렇게 할

수 있을까? 언제까지 같이 할 수 있을까? 생각이 들었다. 말을 하지는 않지만.

　　사이사이 가지치기를 했다. 작은 사과나무도 잘 열릴 수 있도록 불필요한 가지를 잘라줬다. 가드너의 몫이다. 해 질 녘까지 이틀 동안 일했는데 노동이 과했던지 지금까지도 몸이 뻐근하다. 봄을 맞이하는 것도 몸과 마음을 기울여야 하나니.

나물 타령

오늘은 대보름인데 양력과 음력의 날짜가 같아 좋다. 엊그제 동생이 찰밥과 나물을 미리 갖다주었다. 한해도 빠짐없이 보름치레를 한 언니 생각이 나서 일을 덜어주려고 아는 집에 주문을 했다는 것이다. 나는 잘했다 잘했다 하면서 받았다.

보름 오곡밥은 서로 나누어 먹는다고 하지 않았던가. 나는 오늘 아침 나물을 하고 오곡찰밥을 안친다. 그렇게 해야 내 마음이 편안하기 때문이다. 예전에는 나물을 열한 가지 이상도 했지만 집에서 말린 식재료가 있어 몇 가지만 하기로 한다. 특히 좋아하는 게 무나물이다. 무와 약간의 소금과 참기름, 깨소금만 들어가도 맛이 좋다. 가을에 말린 가지와 표고도 불려서 나물을 만든다. 그리고 고사리

나물은 먼 곳에 계신 어머니의 첫 독자인 분께서 보내주신 것이다. 50년이 더 된 인연의 고사리. 남쪽 바다에서 태어난 남편을 위해 미역과 파래로 나물을 한다. 그런데 오늘은 나물을 하는데 울컥 눈물이 난다. 섬길 웃사람이 없다는 게 나를 울컥하게 만든다. 어머니가 계실 때는 같이 살 때나 떨어져 살 때도 나물과 오곡밥을 해드렸다.

첫 며느리를 본 해에 며느리와 어머니와 같이 대보름 음식을 먹었지. 나는 기쁘고 벅차서 음식하는 어려움 같은 건 생각지도 않았다. 싸서 보내주면 비빔밥을 해서 잘 먹었다는 말에 그저 기분이 좋았다.

봄 눈발이 흩날리더니 해가 난다. 변덕을 부리면서 봄이 온다. 나가보니 철쭉나무 사이로 양지바른 곳에 복수초가 올라와 있다. 아직 노랗게 피어오르지는 않았지만. 한 번도 약속을 어기지 않는 식물.

어떤 식물학자는 식물을 사랑하는 마음으로 그림을 그리다가 연구하는 학자가 되었다고 한다. 그리고 다음 생에는 식물이 되고 싶다 한다. 동생이 그 책에 대한 이야기를 하길래 주문했다. 식물이 되고 싶다는 건 영원한 생을 살고 싶다는 뜻 아닐까? 아직 주문한 책은 오지 않았지만 기다리고 있다.

뉴스에서 자주 쓰는 '그 나물에 그 밥'이란 말이 있는데 갑자기 열받는다. 그 뜻이야 모르는 바 아니나 나물과 밥을 폄하하는 게 거슬린다.

나물은 쉬운 음식이 아니다. 그러나 나물의 재료는 계절에 따라 쉽게 구할 수 있다. 비싼 것도 아니다. 흔하지만 정성 들여 만들면 우리네 밥상에서 질리지 않는 음식이다. 나물이란 이름이 붙은 숱한 음식들이 있는데 하나같이 몸에 좋고 건강식이다. 나물을 지루한 음식으로 생각하는 고정관념. 밥을 우습게 만드는 지루한 표현들.

나물은 햇빛에 말린 것을 불리기도 하고 데치기도 하는 익힌 음식이다. 생야채와는 달리 속이 들뜨지 않고 편하다. 소화기가 튼튼했던 젊을 적에는 그 맛을 모르지만 나이가 지긋해지면 나물이 좋아지는 이유가 된다.

그러고 보니 나물은 다 식물이다. 해조물도 바다의 식물이라고 할까?

🌸 🌸 🌸

엊그제 주문했던 책, 신혜우의 《식물학자의 노트》가 왔다. 세 번씩이나 영국왕립원예협회에서 보태니컬 아트 국제전시회에서 금메달을 땄다고 한다. 그림이 상당히 사실적이다. 1년 동안 식물을 관찰하며 그린 식물학자의 그림이고 글도 좋다. 책을 일별하여 좋은 것 같으면 천천히 아껴서 읽는다. 그리고 자기 전에 곁에 두고 읽다가 잠이 들면 기분이 좋다.

목적 없이 쓰는 글

자연스러운 흐름에 따라 글을 쓰는 걸 좋아한다. 억지로 쥐어짜지 않고 목적 없이 쓰는 글.

　이번 달에 보내야 할 글이 세 꼭지였는데 다 보냈고 벌써 책으로 나온 것도 있다. 편집자가 오너는 아니지만 그들의 일이기 때문에 절박하다. 나는 하겠다는 약속을 한 것이니까 아무튼 해내야 한다. 이렇게 자연스러운 흐름으로 쓰는 글과는 다르다. 그래도 나의 리듬을 놓치지 않고 작위적이지 않으려고 애쓴다. 또 청탁의 의도에서 벗어나지 않으려고 글을 쓰는 동안 청탁서를 여러 번 확인한다. 약간의 자아도취가 필요하다. 아니면 자기애라 할까?

　젊은 친구의 유튜브에서 들은 이야기인데 그 친구는 그림을 그리며 유튜버로 성공했다. 요즘은 유행을 따라 자신의 루틴을 소개하기도 하는데 그중 언급한 오스카 와일드의 일화가 재미있었다. 오스카 와일드는 여행을 할 때 자신의 책을 챙긴다는 것이다. 그 이유는 자신의 책이 가장 재미있어서라고 한다. 어쩌면 오만이고 자기도취라고 할 수 있겠지만 그 말 자체가 재미있었다.

2월의 아침이 차다. 서쪽 하늘에 선명한 하현달도 그렇고 겨울이 되려는 시점인지 봄으로 가는 시점인지 알 수가 없다.

계피와 생강을 우려낸 차로 입을 따뜻하게 적신다. 아침 차릴 재료들을 냉장고에서 우선 꺼내 놓는다. 어제는 백화점 식품관에서 시장을 보았는데 만족감이 높았다. 싱싱한 갈치와 국산 쭈꾸미의 선도가 좋았다. 애플망고도 두 개에 만 원이라 싸게 느껴졌다. 명절이 지났기 때문일까? 천천히 먹을거리를 사는 걸 즐기고 있다. 작은 병에 든 우유도 사고 치약도 기분 좋은 디자인으로 샀다.

이번 주 금요일에 있을 어머니 공연에 올 분들의 초대장을 챙기고 있다. 오미크론이 이렇게 번지고 있으니 초대하는 것도 조심스러운데 이렇게 저렇게 많은 분들이 온다고 하니 고맙기만 하다.

《너무도 쓸쓸한 당신》. 어머니는 왜 이런 소설을 쓰셨을까? 그 시대를 살아온 한국 남자에 대한 연민? 소설이 아버지의 이야기는 아니지만 그 소설을 생각하면 아버지의 다리가 떠오른다. 그건 너무나도 현실이었기 때문.

항상 이렇게 흘러간다. 생각지도 않은 방향으로.

어제 백화점에서 신발을 하나 샀다. 한 바퀴 휘돌았지만 자주 사던 메이커에서 신상품을 골랐다. 나의 취향에서 벗어나지 못하네. 검정 부츠를 벗어버리고 신발 하나라도 봄을 준비하고 싶었다. 개나리꽃 색깔의 끈이 있는 신발. 새 신을 신고 뛰어보자 팔짝. 팔짝 뛰지는 못할지언정 편한 발로 가볍게 걸을 수 있으리라.

오랜 친구를 만날 때

.

조용한 날이다. 글을 쓸 것인가 친구와 만나 차를 마실 것
인가 생각하다가 일단 친구에게 시간이 있느냐고 물어본
다. 만약 오늘 시간이 없다면 그냥 글을 쓰기로 한다. 조금
있다가 답이 온다. 보고 싶었다고 좋단다. 코로나19 바이
러스가 기승이라 지하철을 타기는 불안하니까 차로 온다
고 한다. 나도 안심한다. 친구를 만난 지가 오래되었다. 나
는 무슨 옷을 입을까 고민한다. 가장 즐거운 시간이다. 봄
이지만 사이사이 춥기에 아주 봄옷을 입으면 안 된다. 그
렇다고 겨울 패딩은 싫다. 다섯 번쯤 옷을 이것저것 갈아
입은 후 옷장 속을 보니 하얀 니트가 눈에 보인다. 세탁해
놓고 한 번도 입지 않은 옷이다. 좋아. 부드러운 크림색의
뜨개옷.

친구와 이야기를 나누는 시간. 마음의 갈등이 사라진다. 나에게 이런 시간이 필요했다. 나를 꾸밀 필요도 진실을 숨길 필요도 없는 시간. 오랜 친구가 고맙다. 차를 몰고 우리 집 가까이에 와주었다. 친구가 눈 화장을 멋지게 했던데 그걸 물어볼 사이도 없이 이야기에 몰두한 것 같다.

친구와 보이차를 나누어 마신다.

집에 들어오니 노란 복수초가 여러 군데 방긋방긋 피고 수선화 순이 올라온다. 얼마나 많은 수선화 꽃을 피울지 궁금하다. 여러 종류를 심었으니.

어제 집에 온 손녀딸이 마당에서 놀다가 복수초 꽃을 꺾었다. 진짜 꽃인지 몰랐다고 한다. 나는 아까워서 책에 눌러놓았다. 정말 몰랐을까? 아이의 마음을 알 수 없다. 아이가 꽃 한 송이 꺾는다고 잘못한 일은 아니다. 또 많이 올라올 텐데.

오랫동안 쓰던 원두커피 가는 기계가 작동이 안 되어 아들에게 좀 고쳐보라고 했더니 "새로 사시죠"라고 한다. 나도 필립스의 같은 모델을 사고 싶어 인터넷을 뒤졌지만 찾을 수 없었다. 내가 그 모델을 좋아하는 이유는 디자인이 아름답기 때문이다. 아들도 찾아보더니 "같은 건 없네

요"라며 다른 걸로 주문해 준다. 그러면서 97년에 나온 건데 죽을 만도 하다며 수명을 다했단다.

　나는 요즘은 커피를 많이 마시지 못하지만 커피 원두를 알맞게 갈아놓는 것을 즐겼다.

　나는 참 부질없게도 그림을 그린다. 그 필립스의 광고주도 아니면서. 그래도 그게 조용한 봄날 내가 한 일이었다.

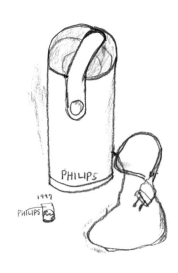

눈물도 흔하지

봄비 소리에 안온함을 느끼며 잘 수 있었다. 어제 마당 일을 얼마나 잘했던가. 매화가 하얀 점을 찍은 듯 올라와 있다. 꽃은 물을 좋아하지. 수선화도 방긋 물방울을 머금고 피었다. 친구들이 꽃 이야기를 해달라니까 신이 나서 하고 싶어진다. "맨날 꽃 타령이냐. 그게 그거인"거라 할 수도 있겠지만. 친구들에게 고맙다.

얼마 전 친구에게 지메르만과 조성진이 연주한 베토벤의 〈황제〉를 유튜브로 듣는다고 했더니 루빈스타인이 좋다고 해서 말년의 루빈스타인을 듣는다. 인간으로 태어난 것에 감사하게 되는 음악을 들으니 아침이 숭고해진다. 하루에 한 번이라도 이런 느낌이 오면 정말 멋지다. 충분하다고 생각한다.

감자를 깎고 당근과 양파를 썰고 고기를 깍뚝 썰어 버터와 카레를 넣어 카레라이스를 만든다. 익숙한 조리법이지만 다 될 때까지 자리를 떠나서는 안 된다. 강황 가루를 넣어 풍미를 돋구어준다.

어제 본 〈앤디 워홀 일기〉를 생각한다. 자기 전에 누워서 보기 시작했는데 두 눈을 뜨고 1부를 다 보았다. 멋진 다큐멘터리였다. 마치 주식회사 같은 예술의 상품화도 눈에 들어왔지만 어쩌랴, 앤디 워홀이 주는 매력이니. 그의 일기를 앤디 워홀 AI의 음성으로 읽어주는 부분이 참 좋았다. 그리고 일기를 편집한 사람의 이야기도.

그 일기의 일상성과 실제성이 좋았고 어떤 부분에서는 감정이입이 되어 눈물이 찔끔 났다. 눈물도 흔하지.

어제 주말 신문에 실린 '아무튼 주말-김인혜의 살롱 드 경성' 코너의 빛을 데생하는 이대원 화가 이야기는 정말 좋았다. 신문에 그 정도의 감동적인 글을 쓸 수 있는 역량이라면 훌륭하다. 예술가에 대한 깊은 애정과 공부가 아니면 쓸 수 없는 글이다. 나는 이대원 화가의 그림을 좋아하지만 글을 보고 더 좋아졌다. 삼성병원에 갈 때마다 이대원 화가의 그림이 걸려있는 벽면이 있어 위로를 받았었다.

Seven Daffodils

폭풍의 언덕을 지나온 것 같았다. 벼랑 끝에서 칼싸움을 하고 있었다. 날카로운 칼끝이 부딪치는 소리를 들었다. 밀려오는 물결에 휩쓸려 떠내려가다가 주님께 힘을 달라고 절실하게 기도했다. 빠른 물살에 휩쓸리지 않고 빠져나왔다.

꿈이었을까 생시였을까?

3월의 아침을 시작한다. 이른 아침 벨소리와 함께 큰 사다리 둘과 전지 가위와 갈퀴, 빗자루 등 도구를 실은 큰 트럭이 왔다. 정원사 두 분이 오신 거다.

소나무를 전지하기 시작한다. 나무 위로 올라가 윗부분부터 잘라내며 소나무의 모양을 만든다. 자른 나무가 수북이 쌓인다. 나는 나무 아래에 올라오기 시작한 튤립과 수선화가 다치지 않도록 요청한다. 남편이 나와서 세심하게 주의를 준다.

나는 사다리가 멋있다고 생각한다. 그리고 낙엽을 긁는 갈퀴도 멋있다. 큰 철쭉나무 밑에 번져서 올라온 노란 복수초가 군락을 이루어 벌들이 꽃송이마다 들어가 윙윙거린다. 20년 넘게 한자리에서 피던 할머니 복수초가 느리게 꽃을 피우며 자손들을 거느리고 있다. 꽃도 작고 빛깔도 흐리다. 조상 할머니 꽃이다.

장미나무, 산딸나무, 단풍나무도 전지를 해준다. 전지가위 같은 연장을 꽂는 벨트를 맨 정원사는 전문가적인 멋이 있다. 예전에 서투른 일꾼이 자두나무를 잘못 전지한 적이 있어서 일을 시키는 것도 항상 걱정이었는데.

나는 코코아를 타서 주고 떡을 쪄서 간식으로 준다. 나무를 자른 쓰레기가 트럭에 가득 찬다. 버리는 것도 큰일이라고 한다. 오전 내에 일을 끝내고 평온한 시간을 맞는다. 곳곳에 수선화가 올라온다. 수선화만도 일곱 종류는 넘을 것 같다. Seven Daffodils. 혼자 소리를 낸다. 감사의 탄성이 흘러나온다.

오늘의 비는 대지를 적시는 고마운 비. 엊그제 부족한 듯한 양을 채워주었다.

부산에서 아는 분이 사진을 보내주었다. 통도사의 홍매화가 어찌나 운치가 있는지. 나도 통도사가 그리워졌다. 부산에 있을 때는 가까워서 언제든 갈 수 있는 사찰이었지. 품이 넓은 할아버지의 집 같았던 통도사. 수학여행 때 처음 가보았던 절. 홍매화가 아름답기도 하구나. 그리고 경주의 젊은 친구도 매화 사진을 보내주었다. 비가 오는 날 그리움이 솟은 때문이리라.

나의 마당에 꽃이 피기 시작했는데도 또 어딘가를 그리워하며 지낸다. 봄비가 차갑지 않고 빗방울이 부드럽다.

죽은 새

아무 일도 일어나지 않는 날은 없다. 무심히 아침 준비를 하는데 어디서 쿵 하는 소리가 난다. 갑자기 문이 닫히는 소리 같기도 한데 그럴 만한 소리가 날 데가 없다. 방마다 다녀도 그럴 구석이 없다. 밖에서 나는 소리는 아니었는데. 내가 잘못 들었을 수도 있지 하면서 그냥 그 소리의 정체를 잊고 있었다.

한 시간이나 지났을까 마당에 나갔던 남편이 나와보라고 한다. 꽤나 큰 새가 유리창에 부딪혀 죽었다고. 거실 유리창 밑이 아니라 좀 떨어진 층계 아래 대나무 밑에 죽어있었다. 아직 몸이 따뜻하다고 한다. 거실 통유리창에 거울처럼 비친 나무와 숲을 향해 돌진하다가 새가 죽었다.

얼마나 빠른 속도로 날아왔으면 그 충격으로 튕겨나

가 떨어졌을까. 불쌍한 새. 남편은 서편 마당 끝에 땅을 파서 묻어주었다. 나는 동물의 털은 만지지도 못하는데. 멀찍이서 안타깝게 보기만 한다.

바로 그 소리였던 것이다. 어머니 계실 때도 그런 일이 있었다. 얼마 전에는 다행히 심하게 부딪히지 않았는지 쓰러졌다가 다시 날아가는 새도 보았다. 잠깐 졸도를 했다나. 거실 유리창에 비친 살구꽃이 예쁘기는 한데 사실 환영인 것이다.

죽은 새의 눈을 보았다. 아무 근심을 모르는 눈. 봄에는 이런 일이 일어난다. 4월에는. 알 수 없는 불안이 깃든다.

죽은 새는 무슨 새일까? 조류도감을 보아도 잘 모르겠다. 갈색과 짙은 갈색의 물결무늬 같은 깃털에 싸여있었다. 도요새 종류인가? 조롱이인가?

사소하지 않은?

어느 때는 글이 술술 나오는 것 같지만 오늘은 머리가 엉켜서 막힌 듯 아무 낱말이 떠오르지 않는다.

살구꽃이 만개하였다. 매화, 살구, 벚꽃의 순서로 핀다. 순서도 순서이지만 그 성정도 매화와 벚꽃의 중간쯤이다. 살구꽃은 벚꽃보다는 덜 흐드러지고 매화보다는 수수한 성정. 덜 다부지다.

새의 지저귐이 들린다. 정지화면 같은 살구나무의 꽃이 현실 같지 않다. 몇 년 전 가물었는데 주인이 오래 집을 떠나있어서 제대로 꽃을 피우지 못했던 봄, 얼마나 가슴이 아팠던가. 막걸리를 사다가 나무에 부어주며 응급조치를 해주었지. 올해는 잘 피었으니까 기쁨이 차올라와야 하는데 그렇지 못하다. 사소한 어긋남, 대수롭지 않은 자제력. 그런 것이 나 스스로에게 상처를 준다. 상처라는 낱말을 좋아하지 않지만.

엊그제 죽은 새와 비슷한 새는 다시 만나지 못했다. 내가 새를 안타까워하는 건 아니다. 그 정도로 마음이 따사롭지 못하다. 애련한 마음을 자제하고 싶다. 크게 크게 선을 자르고 구성하고 싶다.

"사소한 일에 마음을 빼앗기고 싶지 않다"라고 써놓으니 그럼 사소하지 않은 일이란? 하며 묻게 된다.

어제는 잠깐 광장동에 갈 일이 있어서 차를 몰고 나가는데 동네 골목에서 머리가 하얀 할머니가 주춤주춤 걸어가길래 어디까지 가시냐며 태워드렸다. 할머니는 뒷자석에 앉더니 고맙다고, 몇 달 전까지도 손수 운전을 하고 다녔는데 팔을 다쳐 차 열쇠를 돌리지 못하게 되어 차를 없앴다고 했다. 마침 광장동의 은행에 간다고 하시길래 가는 동안 이야기를 하는데 목소리도 젊고 세련되었다.

누구에겐가 전화가 온다. "내가 무서워서 안 와, 내가 겁나서 안 온다니까"라고 두세 번 말을 되풀이한다. 처음에는 가족 중에 누군가가 못 온다는 줄 알았더니 그 주체가 오미클론이다. 아마 딸이 엄마 걱정되어 전화를 한 모양이다. 참 백발 할머니의 기백이 대단하다.

　내리면서 나보고 노란 벽돌집이니까 언제라도 차를
마시러 오면 고마움을 갚겠다고 한다.

　주섬주섬 쓰다 보니까 쓰기 시작할 때의 감정이 달아
나버렸다. 알 수 없는 노릇이다.

조지아에서 온 튤립

살구꽃이 마당에 눈처럼 떨어지더니 빨간 꽃받침만 남았다. 필 때는 주춤주춤 피더니 질 때는 후루룩 바람에 날아간다.

사흘째 산으로 산책하는 것이 나의 루틴이 되었다. 이 봄 연둣빛으로 물들어가는 숲속에 멍하니 앉아있는 건 축복이다. 산상회의라도 할 수 있도록 판판한 바윗돌이 원형으로 놓여있는 곳이 있다. 작은 물레방아가 있어 시냇물이 한 바퀴 돌며 내려가는 소리가 경쾌하다.

오늘은 숲속의 노동자 딱따구리를 만났다. 장도리 같은 부리 박는 소리가 영락없이 집 짓는 사람 같다. 나무껍질 밑에 벌레를 잡아먹는 거라지만 다른 새소리와는 다르다.

1시간도 안 되는 산책이지만 나의 리듬을 바꾸어놓는다. 마당에 한 송이씩 피는 튤립은 아무래도 소꿉장난 같다. 작년에 조지아 원종이라는 구근을 심었는데 참 예쁘다. 그 나라의 〈마나나의 가출〉이라는 영화 한 편을 보았는데 인상 깊었다. 그 동네가 훤히 그려졌다. 〈엄마가 뿔났다〉 같은 드라마인데 우리나라 60년대와 비슷한 집안과 거리 모습, 가족 관계가 비슷하여 향수를 자아낸다기보다 그냥 과거의 모습을 보는 것 같았다. 그러면서도 교사를 하며 대가족을 꾸려가는 주인공의 마음에 이입되었다.

그 여자의 시선을 넘어 창밖의 나무들이 바람에 움직이는 게 어찌나 예술적인지 영화는 특별한 예술 장르 같다. 실제는 아니라 해도 그 공간과 시간의 재현 속으로 들어가게 한다. 멀리 조지아에서 온 품종의 꽃이 나를 그리로 데려다준다. 멀리서 왔지만 그 존재감이 대단하다.

이렇게 며칠 사이에 더워지다니? 어제는 2+1이라고 초코 아이스크림 케이크를 사다 먹었는데 생각한 맛이 아니었다. 내 입이 잘못되었나?

하다앳홈은 베이킹뿐만 아니라 서양 요리에서도 나의 선생님인데 이번에 만들어본 양파수프와 감자수프는 성공적이었다. 양파를 캐러멜라이징하는 건 인내심이 필요했지만 레시피를 정확히 따라 하니 그 맛이 나왔다. 감자는 따라 할 수 있게 익혀 놓았다.

양파 감자 마늘 우유 생크림 파슬리. 이 재료들의 부드러운 맛과 수프의 크림색은 마음까지 어루만져준다. 한식도 질렸나 보다. 서양식 수프와 빵과 과일로 충분히 한 끼가 된다.

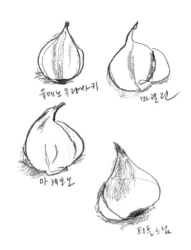

유메노우라사키

마렐란

아케보노

퍼틀드림

백일홍을 그린 화가

껍질을 벗기어 다듬어놓은 더덕 뿌리가 냉장고에서 며칠 지났다. 물기가 마르기 전에 저며서 칼자루 끝으로 다져놓는다. 어머니는 고추장 양념을 한 더덕구이를 도시락 반찬으로 싸주셨다. 그걸 맛나게 먹으니까 음식 가리지 않는 딸을 기특하게 바라보았다. 아이들의 식성이 다 달랐으니 도시락을 똑같이 싸주지 않으셨다. 그 당시 도시락 반찬으로는 일반적이지 않았던 어머니의 더덕구이를 떠올린다. 그와 비슷하게 양념을 한 것 같다.

며칠 전 풀숲에서 바지 속으로 들어간 등에한테 물린 데가 가려워 새벽잠이 깨었다. 무릎 안쪽에 뚜렷한 벌레의 잇자국. 벌레약을 바르며 참 미물들도 강하다는 생각이 든다. 벌이었다면 치명적일 수도 있겠지.

약을 바르니 금세 가려움은 가셨지만 맑은 정신으로 깨어나지 않아 멍하니 다른 방에 누워있었다. 아무런 생각을 하지 못하거나 많은 생각이 엉켜 갈피를 잡지 못하거나.

혼자 산에 갔다. 왕복 1시간 정도의 거리인 초가을 숲을 오른다. 처음 백두산에 갈 때 입었던 홑겹 잠바를 꺼내 입었다. 오래되어도 버리지 못하는 옷이 있다. 감촉이 좋거나 추억이 있거나 바느질이 단단하거나.

혼자 오르니 여러 생각을 할 수 있다. 같이 산을 오르던 사람들과 이미 세상을 떠난 사람. 같이 했던 대화의 분위기를 떠올린다. 초입에 백일홍이 흐드러지게 핀 밭이 있다. 누군가 심었겠지. 백일홍도 참 종류가 많다. 홑겹도 있고 여러 겹인 것도 있다. 색채도 다양하다.

산길에서 만난 사람들은 다 젊다. 일요일이라서 그런가. 키가 크고 몸도 좋고 건전해 보인다. 올라가는 길 곁에 몇몇 나무 둥치에 갈색 테이프를 감아놓았다. 나중에 자세히 보니 곁에 테이프가 끈끈했고 거기에 작은 벌레들이 붙어있다. 벌레퇴치용인가보다.

사람들이 많이 오르내리는 산이지만 등산로를 제외하고는 고라니나 꿩이 살 정도로 숲이 깊다. 그 숲속에 은방울꽃 군락지가 있다고 한다. 나는 직접 보지 못하였지만 이웃에 살던 화가한테 들은 이야기다. 이제는 그도 이 세상 사람이 아니지만. 워커힐에서 산을 넘어 우리 집에 왔던 사람. 그 화가가 백일홍을 그렸었지.

아픈 걸 잊으려 빵을 굽는다

나무로 된 작은 집을 지었다. 지난해 커다란 우체통 속에 둥지를 만들었던 작은 새를 위해. 올해는 기분 좋은 냄새가 나는 나무로 집을 지어주었다. 그 집이 너무 예뻐서 나도 따라 들어가고 싶었다. 나도 작은 집에서 노래 부르고 싶었다.

부활절 무렵 마당의 꽃들은 절정을 이룬다. 각종 튤립은 가장 예쁜 모습으로 피어오르고 별사탕 같은 봄맞이꽃은 별자리를 이룬다. 보라색 라일락과 하얀색 수선화는 꽃망울이 터지면서 향기를 뿜는다. 레이스 커튼 같은 조팝나무도 한들거린다. 사과꽃의 은은한 향기라니. 모란의 꽃망울은 곧 터질 듯하다. 그런데 언제나 좋은 게 좋은 것만은 아니다. 늙은 몸은 버겁다. 그 향기와 봄기운이.

알레르기가 어느 틈에 내 몸을 흔들어버린다. 눈알이 아프고 재채기에 뼛속까지 흔들리는 듯하다. 콧물이 흐르고 정신은 집중이 안 된다. 울고 싶지 않아도 눈물이 줄줄 흐른다.

올해만 그런 건 아니다. 아주 심할 때도 있었고 검사를 받은 적도 있다. 자작나무에 알레르기 반응을 보인다는 검사 결과가 나왔지만 그것도 오래전 일이다. 심하지 않을 때는 그저 하루 이틀 앓다가 지날 때도 있었다. 한약을 먹었을 때도 괜찮아졌는데, 그 계절이 지나서 그런지 한약 덕분인지는 알 수 없다.

아픈 이야기를 하고 싶지는 않은데 꽃 자랑을 하다 보니. 올해는 약도 먹지 않고 그냥 잊으려 한다. 이스트를 넣어 부풀린 빵을 만들어본다. 어제 자기 전에 콧물 나오는 걸 신경 쓰지 않으려고 레시피를 익혀두었다. 미지근한 물에 푼 이스트에서는 발효 냄새가 난다. 잘 될 수 있을까? 빵을 먹고 싶은데 제대로 된 빵을 사러 백화점이나 워커힐에 갈 것인가를 망설이다 빵을 만드는 데 도전해 본다.

두 번의 발효과정을 거쳐 만든 빵은 부풀어 익는 냄새가 난다. 성공이다. 완벽하지는 않아도 구십 프로는 된 것 같다. 무엇보다 알레르기를 잊어버리고 빵에 집중한 것이 스스로 대견하다. 제과점에서 파는 빵이 절대 비싼 게 아니라는 걸 느낀다. 그러나 만드는 동안의 기쁨은 있다. 뭔지 모를 구수한 맛이 있다.

한참 알레르기로 고생할 때는 꽃향기도 무섭다. 그러나 꽃이 무슨 잘못이겠는가? 균형 잡히지 못한 몸 때문이지. 잘못된 생활 습관? 그냥 지나갈 거라 생각하는 게 좋다.

어제 오후 어찌어찌 소파에서 잠을 푹 잤다. 벨소리에 깨어 서둘러 일어나 나가보니 이웃집 할머니가 오가피를 땄다고 가져왔다. 더 세어지면 못 먹어. 돈을 드리려 했더니 한사코 그냥 주는 거라 한다.

며칠 전에는 할머니가 계란을 가져왔는데 산속에서 일하다 보니 목에 두른 손수건도 해어지고 들고 다니는 주머니에 하도 때가 묻었길래 에코백과 손수건 몇 개를 챙겨주었다. 어떨 때 할머니는 늙어서 어찌 살아야 될지 모르겠다고 한숨을 쉬며 하소연을 했다. 예전에 기운이 있을 때는 오가피를 따다가 광나루역에 가면 금세 팔아서, 움직인 만큼 돈이 생겼다고 한다. 그러나 지금은 기운이 딸려 산속을 휘저으며 일하지 못한다고.

그 귀한 오가피 이파리이다. 오늘은 할머니가 눈이 말똥말똥하고 단정하다. 주는 마음이 기뻐서 그럴 것이다. 100년 전이나 비슷하게 사는 삶. 꿀벌을 치고 닭을 치고 산속에서 나물을 따고 달걀을 모아 팔기도 하는.

　　고맙게 오가피 이파리를 받고 들어가려는데 젊은 부
부가 손을 잡고 나와 우리 집을 쳐다보며 서있다. 박완서
선생님 댁이죠? 하며 말을 건다. 나는 그 두 사람의 모습
이 하도 다소곳하여 어디서 오셨냐고 물으니 통영에서 왔
다고 한다. 작가의 집을 너무 보고 싶었단다. 밖에서만 보
고 있는데 마침 내가 나온 것이다.
　　나는 마당 안으로 들어오라고 한다. 나는 얼마나 꽃이
많이 피었는지 보여주고 싶다고 한다. 두 사람은 마당 안
으로 들어와 마당을 밟으며 감동을 하는 듯하다. 책에서
본 풍경이라며.
　　물리학 교수인데 문학에 더 관심이 많다고 아내가 말해
준다. 두 부부는 키도 비슷하게 자그마하고 서로 어찌나 닮
았는지 오누이 같기도 하다. 통영에는 연구년이라 1년 살기
를 하고 있다고 한다. 나는 책을 한 권 주고 싶어 선물한다.

　　실컷 낮잠을 자다가 일어나 만난 사람들. 사랑스러운
사람들이다. 꿈 같은 일이다. 오가피 할머니도 통영에서
찾아온 물리학 교수도.
　　나는 잠시 통증을 잊는다. 라일락이 한창이다.

부엌이라는 공간에 깃든 영혼

부엌이 떠오르는 최초의 기억은 내가 태어나고 유년기를 보냈던 충신동 한옥 집이다. 좁은 골목의 양쪽으로 들어선 18평짜리 작은 집이었지만 장독대와 화초담이 있었다. 부엌 뒷문을 열면 동쪽으로 환한 빛이 들어왔지만 문을 닫으면 어둑시근했다. 부엌 문밖 양켠으로는 장작이 쌓여있었다. 동대문 밖 나무장에서 사온 나무를 도끼로 가지런하게 뽀개어 쌓아놓는 것은 그 당시 부의 상징이었다. 우리 집은 부자는 아니었지만 항상 장작이 넉넉히 쌓여있었고 우리는 굴뚝으로 산타가 온다는 것을 정말 믿었다.

장작을 때어 메주콩을 삶는 날 집안 전체를 풍기던

냄새, 참게젓을 담그던 날의 간장 달이던 냄새, 마당에 숯불을 피워 섭산적이나 민어구이를 하던 냄새를 아직도 기억한다. 4살 터울의 둘째 동생을 낳던 날 가마솥에 끓이던 물의 수증기가 가득 찼던 순간을 기억한다. 그건 마치 혼돈 속에서 탄생을 알리는 것 같았다. 나의 기억 속에 MJB 커피를 끓이던 미제 주전자가 있었다. 아버지는 거름막이 있는 긴 주전자에서 부글부글 끓는 커피를 따라서 마셨다. 나중에 본 거지만 이상의 수필에 MJB 커피가 나오는 걸 보고 훌훌 숭늉 마시듯 커피를 마시던 아버지의 일상이 다시 떠올랐다.

작고 계단을 내려가야 있는 부엌이지만 그 위에는 다락이 있어서 또 하나의 공간이 있었다. 2층이었던 셈이다. 옆집에 사는 친척은 식구는 많고 방이 모자라니까 다락으로 아저씨들이 기어올라가 자야 했다. 우리 집의 다락은 마른 음식의 저장고였고 재봉틀 같은 물건을 두기도 했다. 집은 작았지만 나름대로 오붓한 공간이 있었다.

개수대도 없던 부엌의 동선은 그 당시 여자들에게 참 힘들었으리라. 그러나 그런 의식조차 없었던 시절이었다. 장작이 있고 쌀독에 쌀이 있고 겨울을 앞두고 김장을 해놓으면 부족함이 없었다. 60년대 초반 아이들이 크면서 보문동의 한옥으로 이사를 했지만 부엌은 여전히 댓돌에서 한두 칸을 내려가고 그 위에는 다락이 있는 구조였다. 어느 틈에 아궁이는 연탄으로 바뀌었고 개수대가 생겼지만 프로판 가스가 들어온 것은 훨씬 후의 일이다.

불편했지만 부엌을 오르락내리는 치마폭에는 권위가 있었다. 열 살까지 아이들 생일에는 반드시 작은 시루에 백설기를 찌고 음력 10월 상달에 고사를 지내던 부엌에는 종교적인 신비로움이 남아있었다.

내가 그런 어릴 적 재래식 부엌을 회상한다고 해서 그리워하거나 향수에 젖는 것은 아니다. 방 다섯 개의 연탄불을 번갈아 가느라고 불집게를 들고 다니던 어머니의 모습을 생각하면 마냥 그리움에 젖을 수가 없다.

그런데 점점 부엌에서 보내는 시간이 많아지다 보니 자꾸만 옛 생각이 난다. 옛날에 비해 편리한 입식 부엌에다가 틀기만 하면 뜨거운 물이 나오는데도 부엌에서의 일이 쉽지 않다. 편리하니까 더 쉽게 하려고 하고, 빨리 하려고 하고, 대충 하다 보면 제대로 음식 맛이 나지 않는다. 그럴 때마다 부엌에서의 모든 일에 거의 종교와 같았던 지성을 쏟았던 할머니 생각이 나는 것이다. 그리

고 다소곳이 따르며 식구들의 밥상을 책임지었던 어머
니 생각이 나는 것이다.

1960년대 들어온 미국드라마를 기억하는 사람이
있을지 모르지만 〈더 도나 리드 쇼〉라는 시트콤 같은 연
속극이 있었다. 어릴 적 TV를 보면서 부엌 뒷문이 있어
그리로 드나드는 서양식 생활의 활기찬 모습이 특히 부
러웠다. 어머니도 그 도나 리드를 좋아하셨지.

아치울의 집에도 부엌에서 나가는 문이 있다. 나는
그 문을 좋아한다. 현관으로 들어오지 않아도 장을 보아
온 것들을 들이고 가끔씩 마을에 오는 트럭 차에서 야채
나 과일을 사들이고 쓰레기를 버리기도 하는 문. 생명을
유지하기 위해 먹을거리를 들이기도 하고 버리기도 하
는 문을 좋아한다.

부엌은 여전히 신성한 장소이다. 나는 부엌에 영혼
이 있다고 믿는다. 숭고함과 권위가 있다고 믿는다. 내
가 하는 부엌에서의 일이 정성스러워야 하고 하루하루
아이디어가 새로워야 한다고 생각한다. 그러나 세끼 밥
상을 차리는 것이 쉬운 일이 아니어서 때로는 어떻게 하
면 대체할 수 있을지 머리를 굴려보기도 하지만 결국은
근본으로 돌아가게 된다. 부엌에 깃든 영혼을 섬기며 수

굿이 음식을 만들고 정갈하게 그릇을 닦으며 내 생을 이어가는 것이다. 언제까지 할 수 있을지는 아무도 모르는 일이지만.

쌀을 씻고 파를 썰고 감자를 갈고 미나리를 다듬고 천천히 죽을 쑤고 음식을 하는 동안은 부엌의 자리를 떠나지 않으려고 한다. 내가 부엌을 뜨면 밥을 태우거나 국이 넘치거나 찌개가 졸거나 야채가 냉장고에서 썩어가거나 하는 일이 벌어진다. 그 공간에 지긋이 머물면서 정신을 다른 곳에 쓰지 않아야 제대로 된 음식이 나온다. 조급하게 영혼 없이 만든 음식은 나부터 먹기 싫은 것이다.

모란의 향기를 맡아보면

모란이 벌써 피었네. 궁금하여 작년 재작년 사진을 찾아 들여다보았더니 4월 18일, 28일, 그렇다. 그러면 올해가 특별히 빠른 것도 늦은 것도 아니다. 사람들의 시간법이지 식물은 딱딱 제시간에, 조건에 따라 조금 차이가 있을 뿐 아주 정확하다.

하얀 모란의 향내는 독할 정도로 그윽하다. 아주 깊은 궁궐의 왕비에게서 이런 냄새가 날까? 아무튼 하얀 모란의 향기를 들이마시자마자 재채기, 콧물, 눈 가려움이 동시에 와서 안으로 들어오고야 말았다.

스페니쉬 블루벨이란 꽃이 올라왔는데 신기하다. 수년 전 심은 그 꽃의 씨가 날아왔나? 1미터쯤 떨어진 곳에서 여러 포기가 퍼져 꽃을 피운다. 거저로 얻은 선물 같다. 이름도 '모야모'라는 사이트에서 물어보아 알아낸 것이다. 그 식물 앞에서는 스페니쉬, 스페니쉬, 하며 되뇌이게 된다.

백합을 넣어 미역국을 끓인다. 서양식 수프에 꽂혀 양파, 감자, 양송이, 브로콜리로 수프를 차례대로 해보고 레시피를 보지 않아도 할 수 있을 정도로 익혔는데 그것도 싫증이 났나 보다. 몸이 안 좋으면 버터를 견디기 힘들다. 버터가 힘을 주지만 몸이 휘져 있으면 그걸 받아들이지 못한다. 아주 담박하게 끓인 미역국과 꽈리고추, 멸치볶음을 먹는다. 꽈리고추가 왜 이리 크지? 그리고 맵다. 그래도 그냥 고추보다는 살이 연하니까 좋은 반찬이 된다. 오늘은 밥이다.

요즘 나에게 주어진 일이 있는데 어떤 식품회사에서 하는 푸드 에세이 공모를 심사하는 것이다. 지난해에 이어 두 번째다. 네 명의 심사위원 중에 하나인데 지난해에는 다 못 읽어갔더니 미안해서 혼이 났다. 다른 분들은 밤을 새워 읽었다고 한다. 결국 나는 다 못 읽은 걸 그 자리에서 읽어 점수를 내었다. 올해는 1차 심사에서 걸러서 수효를 줄였다고 했고 반쯤 읽어놓았다. 하루에 조금씩 하면 된다. 그런 일은 어쩌면 신경이 덜 쓰이고, 일의 즐거움을 느낄 수도 있다. 다른 사람들의 글을 보며 느끼는 건 많지만 점수를 매기는 일은 쉽지 않다. 음식으로 인한 상처를 기록한 글을 보면 마음이 아프고, 서툰 글이라도 진실이 담겨있으면 점수를 더 주게 된다. 다 소중해 보이기 때문이다. 그래도 일이니까 성실히 해야지, 많이 하면 질리니까 하루에 스무 편 정도만 보아야지, 하고 있다.

비가 조금씩 내리네. 건조한 날씨가 이어지더니.

첫 손자를 보았다는 친구에게, 첫아기를 가졌다는 조카딸에게 모란 사진을 보낸다. 부귀영화를 누리라고. 꽃의 상징으로 축복한다. 모란이 피어오른 날 기쁜 소식을 전해준 것도 감사한 일이다.

수수한 듯 우아한

가끔 안 하던 짓을 할 때가 있다. TV에 나오는 화장품 광고를 볼 때마다 그 화장품이 사고 싶은 것이다. 워낙 김고은이 예쁘고 연기가 좋기도 하지만 정말 성공한 광고가 아닐 수 없다.

얼마 전 약국 옆에 올리브영이 있길래 김고은이 선전하는 화장품이 있냐고 하니까 있다며 안내를 해준다. 꽤 큰 매장이었다. 그런데 내가 생각한 것이 아니었다. 나는 그걸 바르면 화사하게 메이크업을 한 것 같을 줄 알았는데 좀 큰 립밤 같았다. 그냥 지나치려다 그리 비싼 것도 아닌데 한번 써보자며 샀다. 하나를 끼워준다고 한다. 요즘 유행하는 1+1이다. 참 안 하던 짓을 해보네.

집에 가져오니 한 보따리다. 올리브영에서 처음 구매

한다고 할인에다 자잘하게 끼워주는 게 많다. 집에 와서 발라보니 립밤을 얼굴에 바른 것 같다. 나는 샀으니까 끝까지 어찌어찌 쓰겠지만 남에게 추천하고 싶지는 않네.

늙은 마음에 젊은 여자처럼 될 것 같은 환상을 심어주었구나. 그 환상에 넘어갔네. 알레르기 증상이 가라앉지 않으니 우왕좌왕 판단을 못한다. 있는 화장품도 다 챙겨 바르지 못하면서. 한국에서 만드는 화장품이 세계적으로 그리 인기가 좋다는데 그건 광고를 포함해서 대단한 실력이다.

몇 년 전 고급 화장품을 선물 받은 적이 있는데 그걸 쓸 때마다 기분이 좋아지고 대접을 받는 느낌이어서 참 좋은 건 다르구나 생각했다. 그것 때문에 감사 인사를 해야 할 곳에 여러 번 같은 것을 사서 선물한 적이 있다. 내가 써보고 좋았으니까 주는 기분이 좋았었다.

벌써 산길에는 진달래가 지고 연달래가 피었다. 수수한 듯 우아하고, 뽐내려하지 않고 쓸쓸해 보이지도 않는다. 부드럽고 깊은 심성을 가졌다. 거리를 유지하면서도 차갑지 않은 심성. 산길을 걸으며 꽃을 품평하고 대화를 한다.

2023.5.2

저문 날의 삽화

비가 홈통으로 내려가는 소리를 들으며 잠을 깬다. 그 소리에 잠을 깨는 것이 아니라 잠을 깨니 그 소리가 들린다. 건조한 대지를 적시는 반가운 소리다. 꾸무적대다 일어나 마당에 나간다.

이제 숲은 더 다가와 있다. 초록과 연두의 조합으로 엄청난 무게감을 품고 있다. 모란이 비를 맞아 조금씩 처지고 있다. 하얀 모란은 활짝 벌어져 노란 꽃술을 보이더니 져서 떨어지려 한다. 모란은 가을에는 까만 씨앗을 맺는데 그 씨앗이 떨어지면 새끼 모란이 된다. 지지난해 씨앗이 맺은 새끼 중 실한 것을 서편 담 밑에 옮겨 심어주었는데 제법 크더니 올해는 꽃을 맺는 게 아닌가? 나는 쿨룩거리면서도 신이 났는데 오늘 아침에 보니 봉우리가 분홍

색이었다. 분홍 모란을 보게 생겼다.

꽃에게도 영혼이 있을까? 사랑해 주고 지켜봐주고 자꾸 예쁘다고 하면 더 예쁜 모습으로 보이려 애쓰는 것 같다. 그러나 나의 생각에 불과한 것이겠지만. 눈길이 못 미치는 곳에서도 잘 자란다. 키가 큰 장미는 전지를 해주니 더 실하게 자란다. 밉게 자라던 나무도 잘라주고 묶어주고 하며 사람의 손길이 닿으면 꼴이 좋아진다.

어제저녁에는 친구가 찾아 올려준 김민철 기자의《꽃으로 박완서를 읽다》를 리뷰한 영상을 보다가 어머니의 단편 〈저문 날의 삽화〉를 꺼내보게 되었다. 노부부의 시골집 이야기로 시작되는 아름다운 글이었다. 늙은 남자의 눈으로 바라본 아내의 모습을 그리고 있지만 나중에 반전이 오고야 만다. 내가 좋아하는 단편이라 여러 번 읽었지만 어제는 '활엽(闊葉)'이란 단어에 눈길을 멈추었다. 괄호로 한자가 쓰여있었다. 활(闊)이라는 글자. 그런 글자가 있었던가? 혹시나 싶어 초판본을 찾아보고 한자 사전을 찾아보아도 맞다. 활엽.

참 아름다운 글자이다. 마치 어머니가 나에게 이 글씨를 눈여겨 보아두거라 하는 것 같다. 총 다섯 편의 연작 단편 중 〈저문 날의 삽화 5〉에 나오는 낱말이다. 그 소설에 은방울꽃이 나와서 김민철 기자가 그 책에다 쓴 것이고.

출판사에서 나온 홍보 영상을 보고 단편을 다시 보게 되었고 이 글자를 만나게 되었다.

넓고 푸른 잎이 출렁이는 글자. 글자가 아름답다.

깊은 산

일주일 가까이 알레르기에 시달리다가 오랜만에 산에 올라갔다. 나아서가 아니고 끙끙대는 것을 스스로 잊고 싶었다. 며칠 사이 신록이 우거져있었다. 병꽃나무와 연달래가 어쩌다 점점이 푸르름 속에 앉아있었다. 판판한 돌이 나무 밑에 의자처럼 놓여있고 큰 나무가 등받이가 되어 아무리 앉아있어도 지루하지 않았다. 숲멍이었다. 덩치가 큰 꿩 한 쌍도 만났다.

이 숲에 멧돼지가 있어 그걸 잡는 포수들이 있다는 말을 들었다. 가끔 총소리가 나더니 사냥개들과 포수들을 만났다고, 큰 개들이 연달아 내려오길래 왠일인가 했는데 전문 사냥꾼들이었다. 허가를 받아 사냥하고 멧돼지를 잡으면 돈도 받는다고 한다. 그러나 돈보다는 취미인 것 같다.

크고 좋은 차에 사냥개들을 싣고 와서 산속을 몰고 다닌
다. 믿어지지 않지만 며칠 전 조용하고 녹색 푸르름 속 정
적에 앉아 사냥꾼들과 만나 들은 이야기다. 꿩은 사냥하면
안 된다고 한다. 도심에서 멀리 떨어진 산도 아니고 인가
와 가까운 산에서 생기는 일이다. 은근히 산이 깊다.

또 어머니의 글 〈저문 날의 삽화5〉를 떠올리는데 은
방울꽃의 군락지가 있다는 아차산이다. 어머니가 그 소설
을 쓴 것은 1988년인데 아차산 밑 작은 집에 사는 노부부
의 이야기를 쓰신 것이 나에게는 참으로 놀랍다. 동네가
30여 년 동안 하루가 다르게 바뀌어 그런 노부부가 사는
소박한 시골집은 찾기 어렵게 됐지만. 생각하지 않으려 해
도 소설 속의 구절이 머릿속을 맴돌았다.

모란이 피고 지고 나면 까만 씨를 맺게 되고 그게 떨
어지면 모란이 움트게 되는데 그게 몇 년 자라서 정말 분
홍 모란이 피었다. 자주모란과 백모란의 유전자가 섞인 것
이다. 한 송이가 피었지만 그 존재감이 대단하다.

4월 말까지 써서 보내야 하는 글이 있는데 컴퓨터 앞
에 앉기가 싫어서 딴청을 하고 있다. 어찌어찌 되겠지. 낙
관과 비관 사이를 오간다.

고치는 일

어제는 생활성서에 보내는 원고 약속 때문에 글을 보내고 편집하는 것을 조율하고 그런 일로 보냈어. 게다가 집에서는 전기공사와 하수도 물이 새는 곳의 배관공사가 종일 걸렸어. 두 가지 일이 동시에 진행되는데 저녁이 되니 녹초가 된 것 같았어. 그래도 《생활성서》 편집이 깔끔하게 잘 되어 얼마나 좋은지.

글을 보내기 전 마무리하기 며칠 동안 끙끙 앓게 돼. 참 어려운 일이야, 능력이 없으니 다시는 글 쓰는 일을 맡지 말아야지 하다가 글 쓰는 일을 포기한 후에는 뭘 생각하며 살지 하며 이 일을 할 수 있는 것에 감사하게 돼.

이번에도 그랬어. 써놓은 걸 아침마다 다시 고치고 빼버리고 다시 넣고를 반복하지. 남들은 쉽게 썼다고 생각하겠지. 그래도 어머니가 구원이었어. 《그 산이 정말 거기 있었을까》의 한 장면이 압도적이었지. 그걸 인용함으로써 글에 힘이 생기더구나.

목욕탕에 물이 새서 아래층 방의 천장을 적시는 문제, 그걸 수리하는데 하루 종일 걸렸어. 물이 새는 원인을 찾고 거기 맞는 하수관을 박는 과정, 설비 아저씨가 끙끙대더구나. 그걸 안타깝게 지켜보며 나는 쉽게 사는 거구나 느꼈어.

일을 마치고 가는데 그 사장의 화물 트럭이 가득 차 있어. 각종 사다리 등 온갖 공구와 미장이에 필요한 재료들이 쌓인 걸 보니 삶의 무게와 같았어. 그래도 감사했어. 우리 가족에게 언제나 공손하게 대해주고 집의 문제를 해결해 주는 게. 우리는 트럭을 꾸려 떠나갈 때까지 바라보았지.

아이들이 5월 5일은 약속을 해놓았는지 어제저녁에 온다고 하네. 국을 끓이고 아가를 위해 감자수프를 끓이고 아들이 좋아하는 갈치조림을 만들었어. 아가에게 감자수프를 먹이는 걸 바라보며 그저 기특하게 바라보았지. 초등학생 딸에게 절절매는 아들. 손녀는 공주 같았어. 우리는 모두 시녀 같았고. 어린이날이 되니까 아들 어릴 때 생각이 나네. 어린이날에 옷을 사주는 건 참을 수 없다고. 그건 선물이 아니라고. 부모로서 옷을 장만하는 건 당연한 거라고. 어린이날에는 장난감 총이나 게임기나 아이가 원하는 걸 사주어야 한다고. 그런 아이가 언제 커서 제 딸한테 절절매는 걸 보니 웃음이 나온다. 이 애가 그 애 맞아?

고개 숙인 꽃

마당 깊숙이 수굿하게 조용히 초롱꽃이 피었다. 내세우지
도 않고 고개 숙인 꽃. 그냥 빈 땅에 퍼져 큰 사랑과 눈길
을 받지 못해도 불평하지 않는 덕목이 있다. 그리 그악스
럽지 않지만 강한 생명력이 있다. 자주달개비의 꽃술은 마
치 금박을 박은 듯이 선명하다. 영원할 것 같은 금술.

　　마스크가 슬슬 느슨해지고 체온 측정기가 사라지고
음식점이 붐비고 관광버스가 부지런히 오간다. 그런데 적
응이 안 된다. 아직은 불안하다. 언제 위기가 닥칠지 모른
다는 불안감이 있다. 그렇다고 해서 어느 틈에 온 해방감
이 기쁘지 않은 건 아니다. 다만 나의 자폐적인 성정 탓에
적응이 안 될 뿐이다.

달걀을 갖다준 할머니가 우리 마당 대나무를 옮겨 심고 싶어 한다. 이제 늙어 죽을 때가 다 되었다면서 꼬부랑 할머니가 산기슭 빈 땅에 대나무를 심으려 한다. 할머니 피부는 주름이 있지만 좋다. 피부가 좋다고 했더니 권사님은 더 좋다고 되받는다. 권사 아니라고 했더니 상관없다고 한다. 오늘 아침에는 권사가 되네.

죽순이 여기저기서 올라온다. 베어낸 대나무 장대만 해도 10개가 넘는데.

〈나의 해방일지〉라는 드라마를 열심히 보고 있다가 푹 빠져서 그 작가도 찾아보게 되었다. 참 대단하다. 우리나라 드라마 작가의 영향력은 세계적이다. 나오는 배우들이 하도 연기를 잘하니까 나도 팬이 되었다. 조연들도 하나같이 잘한다. 주연은 말할 것도 없고. 게다가 현시대의 리얼리즘이고 철학이 들어있다. 순수문학보다 더 깊이가 있다. 현실 속의 판타지라고 할까? 그 드라마를 보게 된 건 이웃의 미술 선생님 M이 팬클럽을 해서 알려준 것이다.

아침을 해먹어야 하는데 딴청을 하고 있다.

수공업 시대의 노동

남들은 다 어떻게 살까? 부질없는 말이 떠오른다. 한 끼 밥
을 차려 먹으면 고개를 넘은 것 같다. 다 치우면 또 한 고개,
냉장고가 찼다가 허룩해졌다가를 반복한다. 지금은 좀 비
어있는 상태다. 없는 재료들이 많다. 과일도 다 떨어져가고.
채우고 비우고의 반복이다. 비었을 때가 마음은 가볍다.

　　잠시 마당을 둘러본다. 튤립과 아이리스 수선화의 이
파리가 누렇게 지기 때문이다. 반면에 산딸나무의 하얀 십
자꽃은 별처럼 빛나고 여러 종류의 장미 덩굴이 어느 틈에
피어서 담장을 장식한다. 한곳은 쇠락으로 향하고 한곳은
절정으로 향하고 있다. 익지 못한 쭉정이 살구 열매가 바
람에 떨어져 솎아주는 역할을 한다. 자연의 힘이다.

　　오늘 사야 할 물건들을 머릿속으로 메모한다. 버러나

치즈를 사는 건 어쩐지 기분을 고양시키는 느낌이 있다. 왠지 모르지만 감자나 호박을 사는 것보다. 아마도 그런 것들이 충분하지 못한 시절을 떠올려서가 아닐까? 그런 것을 미리 사놓으면 컨디션이 좋을 때 쿠키나 케이크를 구울 수 있으니까 기대감을 가질 수 있다. 그러나 사 먹는 게 싸다는 결론에 이르렀다. 재미라면 모르지만.

행주에 때가 묻어 삶아도 찌든 때가 지워지지 않아 새 행주가 있었으면 했다. 나는 실크로드에 전화를 하여 소창을 몇 마 주문한다. 내가 좋아하는 목소리다. 내 마음을 알아서 행주하기에 좋은 소창을 보내준다 한다. 동대문 종합시장에 간 지는 오래되었지만 실크로드란 상호가 좋기도 하고 여자 사장이 하도 다정하면서도 전문적이라 내 마음을 헤아려 택배로 보내주기에 애용하고 있다. 나의 즐거운 장난거리에 마음이 설렌다. 웬 행주? 하겠지만 나는 깨끗한 행주에 대한 이상한 집착이 있다. 그리 깔끔한 성정도 아니면서. 그리고 소창에 대한 그리움이 있다. 그 부드러움과 깨끗함. 바늘이 잘 들어가 내 손으로도 바느질이 될 듯하다. 바느질을 하면 정신이 집중되고 잡념이 없어지는 명상의 효과가 있다. 정서가 붕 뜨고 산란할 때 할 수 있는 가장 좋은 일이다. 그리고 알지 못할 힘이 생긴다. 그건 아무도 모른다. 내면의 힘이라 할까?

그러나 나는 마냥 할 수 없다. 손을 공주처럼 아끼라
는 의사의 말을 늘 명심해야 한다. 노화가 진행되는 손을
아껴야 한다. 바느질은 중독성이 있어서 밤을 새우고도 하
고 싶을 때가 있었다. 실제로 꾸벅꾸벅 졸면서 바느질을
할 때도 있었다. 요즘은 택도 없는 일이지만.

소창을 자르고 두 겹으로 겹쳐 바느질을 하고 뒤집어
서 다시 한번 마무리 바느질을 하는 과정. 수실은 쓰다 남
은 것을 활용하여 각종 색깔로 하니까 제법 마음에 든다.
재봉틀로 하면 아주 간단한 일이겠지만 수공업 시대의 노
동은 특별한 매력이 있다.

아몬드 밀크

토요일이고 6·25날이다. 장마철의 후덥지근한 날씨만이 같은 날의 기억을 되살려준다.

종로5가 주변의 상이군인들 뒷골목의 왕대포집, 복어 그림이 그려진 천을 깃대처럼 매달은 일식집의 풍경. 망태 할아버지의 그 망태는 왜 그리 컸는지.

전후의 풍경이 그려진다. 아예 밖에 나가 놀지 못하게 했던 할머니. 밖은 늘 위험했으니까. 쇠꼬챙이를 박은 절단된 손을 내밀던 거지들. 건축자재를 싣고 나르던 마차와 거리의 말똥들. 개천에 흐르던 염색공장 폐수는 시꺼멓다가 퍼렇다가 했지. 맑은 물이 흐른 것을 본 적이 없었지. 그걸 기억하는 사람이 몇이나 될까?

참 이상하지. 나는 오늘 아몬드 밀크에 대해 쓰고 싶

었는데 50년대의 풍경을 그리고 말았네. 아이들에게 전쟁의 상흔이 조금이라도 묻지 않게 기를 쓰고 살았던 어른들의 모습이 떠오른다.

요즘 자주 보게 되는 유튜브는 문숙이란 여배우의 음식 프로이다. 조용조용히 말하는 게 싫지 않다. 자연 치유식을 주로 하는데 식물성의 정갈함이 있다. 꽤나 지식도 있는데 내세우지는 않는다. 흰머리를 길게 묶었는데 미장원에 가지 않고 혼자 자른다고 한다.

문숙에게서 배운 아몬드 밀크. 생아몬드를 물에 담갔다가 껍질을 벗기고 물을 넣어서 믹서에 갈면 된다. 물은 다섯 배쯤. 그럼 우유색이 나와서 아몬드 밀크라고 하나보다. 소금과 꿀을 조금 넣으면 훌륭하다. 나는 아몬드를 좋아하지 않아 굴러다니는 아몬드로 해보았는데 아마도 구운 아몬드인가 보다. 문숙이 하는 것은 하얗게 벗겨지는데 이건 좀 누렇다. 그래도 해보는데 괜찮았고 무엇보다 있는 재료를 처리하는 것이 개운했다. 그것 말고도 오이 김치, 아이올리 소스, 야채수프 등 배울 게 많다.

약간 도가 튼 것 같은 여배우가 천천히 음식하는 모습을 보여주는 것도 매력이 있네. 인기가 좋은지 마켓컬리에서 광고가 벌써 붙었다.

정보가 많아도 음식 하나 실행해 보기는 쉽지 않다. 어제는 마트에서 월계수 잎을 사 왔다. 야채수프 등 필요할 것 같아서. 음식의 세계도 무궁무진하다. 늘 해먹는 건 지극히 일부겠지.

하나하나 가볍게

장마 중이지만 마당은 더 분주하다. 글라디올러스의 꽃대가 한곳만 해도 여덟 송이가 올라와 있고 새로 심은 구근도 칼끝 같은 이파리가 올라와 있다. 꽃은 여리여리한 듯하지만 생명력이 강하다.

따지 않은 매실이 누렇게 익어 보기가 좋다. 떨어지면 모아서 한 번 더 매실청을 담그려 한다.

내가 좋아하고 편안한 자리가 생긴 건 그리 오래되지 않았다. 서재 창가에 놓인 단순한 소파에 누워 숲을 보고 마당을 볼 수 있는 자리. 근경, 중경, 원경의 뷰가 다 좋다. 아차산 꼭대기에 바위까지도 보인다. 봄까지도 얼음이 잘 녹지 않는 북벽 바위이다. 그 바위를 보면 겨울이라는 계절이 함께 있는 것 같다.

감사 전화를 해야 할 곳, 전달해야 할 정보. 나에게 요구하는 일들을 처리한다. 하나하나. 부드럽게 처리가 되면 마음이 가벼워진다.

지난해 부산에서 예술가의 모습을 찍은 사진을 모아 전시를 했던 강운구 사진작가에게 감사 전화를 한다. 그 전시에 나왔던 어머니의 사진을 주신 것이다. 1990년대 초반의 사진. 사진도 좋지만 기념비적인 장면이기도 하다. 책상 위엔 최초의 문서 작성 컴퓨터인 워드프로세서가 보이고 어머니가 글 쓰실 때 늘 찾아보시던 《우리말 큰사전》이 보인다. 지금은 표지가 나달나달해졌지만.

오늘은 구리타워에서 친구 J와 만나기로 했다. J는 10년 가까이 문화센터에서 서양화를 그렸는데 거기 갤러리에서 그룹전을 하게 되었다. 친구의 작품은 세 점뿐이었지만 나에게는 자꾸 친구 그림만 눈에 들어온다. 오랜 친구이기 때문일까? 명화를 보고 그리기도 하고, 산티아고 순례길에서 찍은 사진을 그리기도 하고, 그냥 그리기도 한 그림. 나는 친구의 취미를 칭찬해 주고 싶다. 둥근 타워를 돌아가며 걸린 그림과 창밖으로는 구리타워를 중심으로 동서남북이 훤하다. 가깝지만 잘 모르던 동네를 신기하게 내려다본다.

　　오랜만에 친구와의 한담, 배울 게 많다고 생각한다.

그러고 보니 친구를 안 지가 50년이 넘었네.

슈링클스에 그린 새

장마를 처음 겪는 것도 아니련만 처음 맞아보는 장대비 같아 신선하다. 밤새 좀 심하게 온 것 같다. 마당의 잔디에도 물이 고였다. 직선의 글라디올러스 꽃대가 쑥쑥 올라오고 나무들은 초록의 샤워를 맞은 것 같다.

숲은 얼마든지 비의 세례를 받을 수 있다는 듯 의연하다. 물난리까지만 아니라면 장마나 태풍은 자연계의 축복이라고 한다. 생태계가 쿨렁거리면서 변화와 생성이 일어난다고.

문숙의 레시피를 흉내 내어 만든 심심한 오이물김치가 입맛을 돋운다. 김치 국물이 훌륭한 유산균이라고 한다.

한동안 좀 절제 없이 마구 먹었더니 체중이 늘고 체중

이 느니까 소화 능력이 떨어져 끙끙댔다. 그래서 다시 절제 모드로 들어갔다. 늙은 몸은 허약하니 복종할 수밖에.

원추리가 장마 중인데도 장하게 피었다. 꽃도 건강하면 아름답다.

그래도 한 가지 반찬이라도 마음에 들면 밥이 들어간다. 또 넛두리처럼 밥이 제일이야 소리가 나온다. 밥이 약이야. 밥을 먹기 싫어 빵과 버터를 먹었더니 문제가 생긴다. 그래도 빵은 맛있지. 기분 좋은 빵이 있다. 나폴레옹 제과의 크랜베리 빵을 즐겨 사는데 지난번에는 벌써 다 팔렸다고 해서 못 사왔다.

밥 예찬을 하다가 다시 빵으로. 오랜 친구 E는 남편이 바게트 빵을 구워준다 하던데. 남편들을 연구해도 재미있을 거야. 불가능한 일이지만.

먼 데서 손녀딸이 메일로 그림을 보내왔다. 할머니에 대한 그리움일까? 파랑새. 하도 예쁘길래 종일토록 꺼내 본다. 어디에 그린 거니? 물어보니까 답이 온다.

"슈링클스라는 종이 위에 그린 그림인데, 그 종이를 구우면 작아져요."

검색을 해보니까 아이들이 그림을 그리는 소재로 많

이 팔리고 있었다. 참 모르는 것도 많구나. 다 알 수는 없겠더라도 무궁무진하게 모르는 세계가 있다는 건 신이 나네.

행복하다고 말하지 않아도

봄이 작은 걸음으로 다가온다. 마당에 오는 봄을 지켜보면 한 해도 같은 모습이 없다. 2월 중순이면 약속을 지키는 복수초가 첫째로 노란 꽃을 피운다. 옮겨 심은 적도 없건만 저절로 퍼져서 여러 그루가 되었고 키가 부쩍 커지면서 이파리가 얼마나 멋진지 모른다. 해가 나면 피고 해가 지면 지길 반복하다가 방울 같은 씨방이 달리는데 그것도 예쁘다. 그 과정이 한 달 이상 지속된다면 믿을까? 참으로 기특한 꽃이다. 매화는 또 어떤가? 작은 꽃 속에 꽃술이 그렇게 많이 들어있는지 몰랐다. 하나하나의 꽃 속에 서른 개가 넘는 꽃술이 있다면 믿을까? 매일 가깝게 눈여겨보지 않으면 알 수 없는 비밀 같은 향기가 숨어있다.

초등학교 때 일이다. 학교에 갔다오자마자 어머니의 무릎 앞에서 징징 울면서 호소를 했다. 큰일이 난 게 아니라 아무도 나를 알아주지 않는다는 서러움이었다. 선생님도 친구들도 나에게 눈길 한 번 주지 않는다는 게 이유였다. 충신동에서 보문동으로 이사 가고 나서도 전에 다니던 학교에 그냥 다녔다. 어머니는 내가 약지 못하여 전학을 가면 적응을 잘 못 할 것 같다며 먼 길을 다니게 했다. 공부를 뚜렷이 잘하는 것도 아니고 남다른 재주가 있는 것도 아니었으니 나는 점점 기가 죽어갔다. 어머니는 징징거리는 나에게 "남이 나를 알아주지 않아도 화내지 않아야 군자란다"라며 공자님의 말씀을 전해주셨다. 열 살도 안 된 나에게 공자님 말씀이나 군자라는 말이 통할 리가 없는데. 그러나 그다음 이어지는 말은 내 눈물을 그치게 하고 나의 찌질함에서 스스로 벗어나게 했다. "공자님이 왜 그런 말씀을 했겠니? 공자님도 너처럼 남이 알아주길 바랐기 때문이란다." 그때 그 말을 이해했던 것 같지는 않지만 어머니의 그 말씀은 평생 내 귀에 맴돌게 되었다. 공자님과 나를 나란히 놓고 비교하다니?

어머니가 돌아가시고 나서 남긴 글 중에 〈행복하게 사는 법〉이라는 글이 있다. 거의 마지막으로 쓰신 글이고 나에게 타이르듯이 말하는 목소리가 당겨 자주 꺼내서 읽게 된다. 어쩌면 나를 행복하게 한 것은 가족과 친구들, 그리고 책 속에서 아름다운 점을 발견하고 그것을 배우고 따르고 싶어 했던 순수한 마음이 아니었을까? 남이 나를 알아주길 기다리는 것보다 나 스스로 먼저 알아주고 발견해 갈 때 저절로 행복이 따라오는 것 아니었을까?

어느 날 손녀가 가지고 놀다가 해어지고 찢어진 인형이 아프다며 고쳐달라고 나에게 갖다준다. 아가의 친구였던 강아지 인형을 정성껏 꿰매주면서 알지 못할 기쁨이 차오른다. 이보다 더 좋을 수는 없다. 행복하다고 말하지 않아도.

2장

마을의 리듬

백일홍 이해인 수녀님

배롱나무가 붉다. 시야를 가리며 점점 커지는 나무를 잘라도 기본 키가 유지되고 꽃이 핀다. 한편에 씨앗을 심었던 백일홍이 꽃대가 올라왔다. 느리게 느리게. 작년에 피었던 자리에서 저절로 올라온 것인데 햇빛이 아주 뜨거운 날에는 꼬부라진다. 거기서 물을 따로 주고 눈길을 주니까 건실하게 올라온다.

이해인 수녀님의 해인글방 앞뜰에서 받아온 씨앗이었다. 수녀님은 꽃을 노래하고 그 앞에서 사진 찍는 걸 좋아하셨는데, 찾아뵙지 못한 지 꽤 오래되었다. 이번 광안리에서 한 연극에도 못 오셨지. 가까운 분들이 떠나고 마음 아파하신다는 소식은 들었다. 아픈 사람들을 위해 늘 기도해 주시는 분이다. 자신이 아픈 것은 뒷전이고. 같이 분도수도원에서 미사를 드린 지도 오래되었다. 새벽에 성당을 울리는 청아한 그레고리안 성가. 반주 없이 사람의 목소리만으로 아름답게 하늘을 울리다니.

해인 수녀님은 어떤 아우라를 지니고 있었다. 항상 먼저 손과 어깨를 내어주는 푸근함, 나와 비슷한 정서를 가진 안도감, 성직의 거룩함보다는 보통 사람의 정서를 지닌 편안함. 항상 최선을 다하여 노력하는 자세, 글을 꾸준히 써내는 작가로서의 위의를 지니고 있었다. 베스트셀러 작가로서의 자신감과 그걸 눌러야 하는 자제력을 함께 지니고 있었다. 연예인에 버금가는 인기를 잘 관리하는 분. 주님이 주신 재능을 늘 나누며 살아가는 분.

내가 정말 힘들 때 밤늦게라도 통화를 원하면 꼭 답을 주셨다. 어머니가 병중에 계실 때 결정을 못 하여 울며 전화한 적이 있었다. 수녀님은 어머니에게도 위로자였고 어머니도 수녀님의 위로자였다. 어머니의 기일에 오셔서 어머니의 침대에 누우신 편안한 모습이 잊히지 않는다.

백일홍이 수녀님을 생각하게 했구나.

지금도 수녀님께서 매달 경향신문에 쓰는 글을 자매들과 공유해서 늘 보고 있다.

인터넷에서 산 글라디올러스 하나가 꽃을 피웠다. 그

것만으로 만족한다. 서너 개가 더 피울 준비를 하고 있다.
여린 핑크빛이다. 그래도 이십 프로는 건진 것이 아닌가?
다행히 튼실하다.

여름이여.

어찌 되었든 가고 말 여름이여.

내 눈에 눈물이 어린다.

꽃이 피면 웃고 꽃이 지면 가슴이 쓰라려지는 그대여.

은혜를 갚는다는 것

화투로 점을 친 적이 있었다. 어머니는 화투로 오관이라
는 점을 쳤는데, 안방 아랫목에 앉아 화투장을 놓던 모습
이 그립다. 그때의 어머니는 글을 쓰기 전이었고 엄마로서
는 미래가 불확실했기 때문이 아니었을까? 아버지가 들어
오실 때까지 화투장을 놓고 있을 때가 있었는데 아버지는
모르고 밟은 것처럼 일부러 흩트려 놓으셨다. 우리는 깔깔
웃었다. "그렇지 않아도 그만하려 했다우"라고 하시던 어
머니, 허리를 펴고 일어나 아버지의 웃옷을 받아거셨다.

그런 자연스러웠던 리듬이 생각났다.

이해인 수녀님이 샘터사에서 신간을 내셨는데 제목
이 《꽃잎 한 장처럼》이다. 그 책에 추천사를 쓰게 되었다.

샘터는 내가 첫 책을 낸 출판사이고 그 첫 책에 이해인 수녀님이 추천사를 써주셨다. 그때 나는 박완서의 딸이라는 것 말고는 어디에 데뷔한 적도 없었고, 불확실한 존재였다. 해인 수녀님도 나의 초고를 읽고서는 "그냥 일기인데?" 하셨다는 말을 들었다. 그래도 가능한 최고의 찬사와 예우를 해주셨다. "수수하고 지혜롭다"라고. 다시 꺼내어 읽어보니 과찬이었던 것 같다.

16년이 지나 수녀님께 은혜를 갚게 되었다. 오히려 내가 감사한 일이다. 은혜를 갚는다는 것. 쉬우면서도 어려운 일. 얼마나 많은 은혜를 갚지 못하고 떠나갔을까? 얼마나 많은 은혜를 잊고 살았을까 생각하게 된다.

내가 쓴 것은 그 은혜에 비한다면 부족하다. 그저 수녀님의 해인글방에서 빨간 수실로 88번을 수놓아드릴 때 행복한 눈길로 바라보던 수녀님이 그리울 뿐이다. 행운의 숫자, 팔팔한 숫자, 두 사람이 마주 보고 웃고 있는 것 같은 숫자.

아마도 나는 나만의 기억을 길어올리고 싶었나 보다.

초대와 휴식

떨어지는 살구를 주워와 씨를 발라내고 잼을 만든다. 뜨거운 솥 앞에서 어제 있었던 장면의 여운을 떠올리며 생각을 정리한다. 이해인 수녀님이 아치울에서 하루 주무시게 되었다. 77세 생일을 맞아 휴가를 받아 서울에 오셨는데 그 휴가의 하루를 우리 집에서 묵으셨다.

아무리 가볍게 생각하려 해도 보통 일이 아니었다. 침구를 세탁하는 일 같은 건 아무것도 아니다. 목욕탕마다 세면대의 비누곽을 닦아놓고, 서재에 산같이 쌓인 책을 정리하고. 환경 미화 심사를 받는 줄반장처럼 종종거렸다. 누가 뭐라는 것도 아닌데.

마당의 잔디를 깎다가 다 깎기 전에 기계가 고장 나 하루는 양평까지 가서 새 기계를 사 왔다. 물론 손님이 오

시지 않더라도 할 일이다. 물확에 넣을 수련과 장미 수국
도 하도 예뻐서 사 왔다. 누가 볼 것도 아닌데.

　잘 다녀가셨고 나는 겨우 일상으로 돌아왔다. 수녀님
의 메시지를 다시 꺼내본다.

　　　진정 휴가다운 쉼을
　　　이 방에서 가지며.

　　　그윽한 기쁨, 평화
　　　위로를 받습니다

　　　게으름의 찬양!
　　　우리 선생님도
　　　기뻐하실 것만 같은
　　　비아의 초대
　　　수녀의 휴식
　　　다시 고마워요

　나도 고맙다. 아무도 심사하지 않는데도 심사받는 양
조바심을 쳤지만 이렇게 잘 지내시다 가신 게 감사하다.
나만이 아니다. 특별한 하루의 쉼을 위해 많은 준비를 하

신 수녀님의 마음을 헤아려본다. 선물을 준비하고 하루의 스케줄을 짜셨다. 누구와 만나고 무엇을 먹고 그 시간에 무엇을 할 것인가를.

게으르기 어려운 사람도 있다. 끊임없이 아이디어가 떠오르고 은혜를 갚아야 할 명단이 떠오른다.

나는 멍하니 앉아 6월의 숲을 바라본다. 검게 보일 정도로 숲은 우거졌다. 무거운 공기가 짓누르듯 가라앉아 있다. 작은 새들만이 명랑성을 잃지 않고 재재거린다. 살구는 이제 거의 다 떨어져간다.

바퀴 달린 세월

10월의 마지막 날이다. 다른 달은 마지막 날을 굳이 따지지 않는데 10월만은 유난히 마지막 날을 떠올리게 된다. 노래 가사 때문일까? 오늘이 지나면 이 해가 두 달만 남게 된다. 미끄러지듯이.

세월이 간다. 바퀴가 달린 듯 굴러간다. 그럴수록 정신을 차리며 찬찬히 지내야지. 이 속도감에 휩쓸리지 말아야지. 나만의 리듬을 찾아야지. 그러나 나만의 리듬이란 것이 있기나 한 건가? 그런 생각을 해본다.

어제는 며느리를 좀 쉬게 하려고 아이들을 내 차에 태우고 데려왔다. 아들 혼자 두 아이를 추스를 수 없으니까. 그리고 아빠와도 한잔하고 싶다고 하네. 오는 차 안에서 아들이 "엄마는 우리를 키울 때 누구 도와주는 사람 있었어요?"라고 묻는다. 아무리 생각해도 내가 아이들을 누구 도움 없이 키운 게 믿어지지 않는가 보다.

나도 어찌 키웠는지 모르겠다. 기저귀도 소창으로 빨아쓰던 때가 아닌가? 자아실현을 해야겠다는 생각도 못했고 그렇다고 해서 내 자신이 없어진다는 생각도 안 했다. 먹고사는 일과 아이들 교육 말고는 다른 걱정을 할 새도 없었다. 누군가가 나의 역할을 분담해 줄 거라는 기대조차 하지 못했다. 가끔 정신적으로 힘들 때도 있었지만 그때그때 넘기면서 지낸 것 같다. 이렇게 빨리 자유가 올지는 몰랐네.

아가는 예쁘고 그 웃음은 순수하기 이를 데 없어 예쁘기만 하다. 아가는 잘 먹고 잘 놀더니 잠들었다. 그동안 부자가 한잔하면서 이야기를 나누고 나는 그 곁에서 꾸벅꾸벅 졸았네.

저녁 무렵이 되어가는데 아가가 깨서 울기 시작하는 것이다. 아무리 안고 어르고 우유를 타서 입에 물려도 큰소리로 울었다. 그때 엄마가 필요하구나, 느꼈다. 엄마한테 떨어져 반나절을 있었으니 두리번거리며 우는 거였다.

나는 다시 차에 아이들을 태워 집에 데려다주었다. 아가를 엄마 품에 안겨놓고 할머니 임무를 완수했다. 집으로 오는 길은 자유로웠다.

10월의 마지막 날 숲길을 걸었지. 아무 생각도 하지 않았다. 가끔씩 투둑 떨어지는 나뭇잎. 그 소리가 가볍고 경쾌했다. 집에 다가오니 산딸나무가 붉게 물들었네.

귀산리 바닷가에서

어젯밤 집에 돌아왔다. 머리가 비어버린 듯 어디서부터 시작해야 할지 모르겠다. 루틴이 생각나지 않는다. 그래도 어찌어찌 아침을 차려 먹고 건조해진 잔디에 물을 틀어놓는다.

원주로 부산으로 창원으로 귀산면 바닷가로 경주로 그리고 집으로. 나에게 필요한 시간이었다. 나를 숙모나 작은엄마라고 부르는 조카들과 귀산리 바닷가에서 한동안 시간을 보냈다. 바다가 보이는 언덕, 포도밭이 아름다운 동네. 유난히 그 동네 포도가 맛있다고 한다. 지중해와 비슷한 기후와 풍광이라고 생각한다.

나는 편안했고 실컷 웃었고 잘난 척도 하고 농담도 했

다. 옛이야기를 하는데 내가 시집오던 날을 기억하는 시댁 조카들에겐 나의 존재가 파격적이었나 보다. 먼 데서 온 서울 여자. 또 현재의 근황을 들으며 나는 조카들을 축복해 준다. 덕담을 해주고 살아가는 용기를 북돋워준다. 굉장한 거야, 잘 사는 거야, 멋지다, 자세히 보니 얼굴도 다 잘생겼구나, 하면서. 50세를 훌쩍 넘은 조카들은 서울 작은엄마를 바라보며 오랜 시간 술과 음식을 먹는다. 점심을 지나 저녁이 될 때까지.

지루하지 않구나. 소중한 시간이구나.

경주에서는 양동마을에 사는 후배 부부를 만나 지낸다. 편안하다. 서로 기다렸기에 반기고 그동안의 어려움을 나누고 사랑하는 강아지를 보낸 이야기도 들어준다. 후배는 우리에게 가장 추천할 만한 음식점으로 데려간다. 회비빔밥을 잘하는 집이라고 한다. 번호표를 받아 줄 서서 먹는 집이라는데 그래도 실망하지 않을 것이라고 한다. 허름한 집 앞에는 오래된 느티나무에서 사람들이 삼삼오오 기다리고 있다. 50분은 기다려야 된다고 한다. 그래도 느티나무 아래에서 기다린다. 드라마 이야기를 하면서.

드디어 번호를 불러서 들어가니 어찌나 친절하게 반겨주는지 기다린 것을 후회하지 않는다. 숭늉부터 내놓는다. 그리고 맑은 홍합 국물을 내온다. 감포에서 잡아온 회와 무생채와 상추만 넣은 회를 초고추장에 비벼먹는다. 초고추장 맛이 특별히 좋다고 한다. 짜지도 않으면서 아삭거리는 마늘쫑 장아찌와 무생채를 넣은 생선내장 젓갈도 특별하다. 모두 수수하게 맛을 내네. 유난스럽지 않은데 깊은 맛이 있다. 바로 내가 원하는 맛이다.

아침부터 여는데 서너 시에는 재료가 떨어진다고 한다. 그러면 문을 닫는다. 그렇게 손님이 많아도 친절하게 대해주는 게 고맙기도 하고 가격이 놀랄 정도로 싸다. 후배는 초고추장을 사가면 집에 가서 긴요하게 쓸 수 있다고 알려준다.

후배는 헤어지면서 농사지은 마늘을 싸 주는데 가뭄이라 마늘쪽이 쪼그맣다고, 그래도 맛은 더 좋을 거라고 한다. 경주 근방의 논은 언제 와도 좋다. 정갈하게 모내기를 한 논을 하염없이 바라보며 경주 땅을 떠난다.

불국사역이 이제 없어졌네.

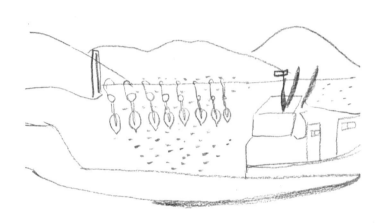

지식의 창고를 채워주는

특별히 아프거나 우울한 건 아닌데 정신 집중이 안 되는 날이 있다. 자꾸 흐트러지고 멍청해진다. 그런 날도 있지. 나갈 일이 있는데도 발길이 떨어지질 않는다. 어떤 때는 사소한 볼일에도 총알처럼 튀어나갈 때가 있는데.

어제 샐러드빵이 먹고 싶어 모닝빵도 사놓았다가 하기가 싫어 시들하다. 그래도 억지로 감자를 삶고 오이를 자르고 어찌어찌해서 마요네즈에 무쳐 빵에 넣었는데도 의욕이 떨어져서인지 기대했던 맛이 아니다. 뭐가 빠졌을까? 그래도 그냥 먹고 느지막이 나가서 우체국에 간다.

몽골에서 번역 출판되는 어머니 책에 관한 계약서를 우편으로 보내러 갔다. 받는 사람의 주소는 국내인데도 우체국에서 주소가 명확하지 않아 보낼 수 없다고 한다. 알려준 휴대폰 번호로 전화를 하니 여자가 받았다. 몽골인 이름을 보고 10번 이상 메일을 주고받았는데 여자라고는 생각하지 않았다. 한국말도 잘하는데 바로 그 책을 번역한 사람이라고 한다. 정확한 주소를 물어보고 계약서를 보낼 때 같이 넣어 보내준 몽골 초콜릿에 대한 감사 인사를 한다.

오늘은 또 선물을 받는다. 돌아가신 1주기가 된 까치출판사 박종만 사장의 유족들이 추모집을 보내왔다. 그분을 안 지는 40년이 넘었지만 특별한 인연은 없었지만 훌륭한 책을 꾸준히 내는 출판사에 대한 존경심이 있었다. 참 변함없는 마음으로 책을 만들어오고 시류에 치우치지 않으면서 좋은 책을 내었던 분이었다.

나는 얼마나 많은 분들의 덕으로 살고 있는가?

《고문진보》와 《개선문》을 거듭 읽었던 소년이 800여 권의 책을 제 손으로 매만지고 교정보고 읽고 또 읽고 출판하다 세상을 떠났다. 그 출판인의 생애를 느껴본다.

"쉬운 책을 써야 한다는 주장은 잘못하면 우중을 생산하는 혹세무민의 주장이 되기 쉽다. 자신이 모르는 단어들과 지식들을 사전을 통해 찾는 글 읽기야말로 지식의 창고를 채워주는 작은 노고이다."

창밖은 봄의 예감

우리 집 식탁 옆에는 큰 창문이 있어 커튼을 열면 창문 가득히 산수유나무가 보인다. 산수유는 이른 봄 노릇노 룻한 꽃망울을 터뜨리면서 봄을 알리더니 여름에는 풍 성한 녹음으로 볕을 가려주고 커튼을 치지 않더라도 밖 에서 집안을 가려준다. 여름이 가고 그 짙은 녹색이 이 울어질 때는 이파리에 묻혀 보이지 않던 연두빛 열매가 붉게 익어가 마치 작은 불꽃 같다.

가을의 어느 날이었다. 아직 잎이 물들기 전이라 푸 르른 그늘이 너울거리고 있었는데 직박구리들이 어쩌 나 많이 푸덕거리는지 그 분주한 소리와 모습이 장관이 었다. 열 마리가 넘는 새들이 떼 지어 나무 한 그루를 놀 이터 삼아 널뛰고 장난치고 곡예를 하는 장면을 지켜보다가 아침을 먹다 말고 영상으로까지 찍어놓게 되었다. 요즘 흔하게 주고받으며 복제되는 것이 동영상이지만 나만의 것인 듯 다시 돌려보아도 생명력이 넘치는 움직임과 나뭇잎의 흔들림이 재롱처럼 기특하여 싫증이 나지 않았다.

그런데 나중에 알고 보니 마냥 재미난 일이 아니었다. 며칠 후 담벼락 너머로 붉게 익은 산수유 열매가 잔해처럼 후드득 떨어져 있길래 나무를 올려다보니 며칠 새에 열매를 남김없이 다 따먹어 버린 게 아닌가? 새들의 향연을 멋진 풍경이라고만 지켜본 내가 참으로 어리석고 멋쩍었다. 잎이 다 떨어지고 눈이 와도 남아있던 붉은 열매는 바라보기만 해도 마음이 따뜻해졌었는데, 떼로 달려든 직박구리가 다 독식해버렸으니.

그러나 어찌 새를 나무라리오? 그들은 그들의 양식을 위해 최선을 다하는 것이거늘. 아무리 작은 정원이지만 자연이 베푸는 프로그램은 반복됨이 없어 사람의 기대와 예상대로 되지 않는다. 그래서 자연은 우리에게 변화와 긴장감을 가져다주는지도 모른다.

얼마 전 몇 년 동안 써왔던 프린터가 작동이 안 되고 그 원인을 알 수 없어 답답한데 A/S를 받거나 잉크를 주문하는 것보다는 새로 바꾸는 게 더 현명하다고들 했다. 인터넷에 들어가 제품을 찾으려니 수많은 목록에 질리어서 머리부터 아파왔다. 주말에 온 아들한테 호소를 하니 "저도 이제 그런 거 잘 몰라요. 열심히 찾아보아야죠" 하면서 서로 이야기하고 음식을 나눌 사이도 없이 적당한 제품을 찾고 결제를 하는 과정 때문에 아까운 시간을 소비하게 되었다. 며칠 후 한밤중에 택배기사가 오고 물건이 배달되었지만 나에게는 설명서를 읽는 것도 아득한 일이다. 다행히 다음 날 아이가 일찍 퇴근을 한다며 고맙게도 들러주었다.

어릴 적 동네에서 또래 아이들보다 가장 먼저 컴퓨터를 접하고 앞서갔던 아이인데 이제 벌써 세상의 속도에서 뒤떨어졌다고 생각하고 있었다. 그러나 나는 오랜만에 노트북과 새 프린터가 무선으로 제대로 작동하는지를 지켜보며 간간이 자식과 두런두런 세상 이야기를 나누는 것이 더 소중했다. 아들은 자정이 넘어 제 집으로 가려고 일어서다가 "할머니 보고 싶다"라며 할머니의 사진 앞에 절을 올린다.

얼마 전 어머니의 첫 소설 《나목》으로 연극공연을 한다 해서 홍익대 근처의 소극장 산울림으로 가는 길이었다.

지하철로 홍대입구역에서 내려 통로를 찾으며 출구까지 꽤 긴 통로를 지나가게 되었다. 저녁 무렵 젊은이들의 빠른 걸음 소리가 우렁찼다. 그들은 저마다 어울리는 최신 패션을 하고 있었고 몸매와 키가 훤칠하고 얼굴은 환하게 빛났다. 좌절감이나 낭패감 같은 것은 보이지 않았다. 젊은이들이 이어폰을 끼고 무언가를 듣거나 통화를 하며 걸어가는데도 목표점을 향해 달려가는 분주함에는 무언지 모를 특별한 능력이 있어 보였다. 같이 걸어가지만 차원이 다른 범접할 수 없는 경이로운 세계 속을 살고 있는 듯했다. 나이가 들어버린 눈으로 보아서일까? 오랜만에 저녁 외출을 해서일까?

그전에도 와보았던 소극장이지만 언덕을 오르면서 여러 번 길을 물어보았다. 마냥 지루했던 〈고도를 기다리며〉를 보았던 소극장은 눈에 뜨이지는 않게 파묻혀 있었지만 그 자리에 버티고 있었다.

연극을 공부하고 처음 시작하는 젊은 극단은 최소한의 무대장치와 인물들로 장편소설을 한 편의 연극으로 만들었다. 오래된 장르가 젊은이들에게 이어지고 1950년대 배경의 문학작품을 현재화시키는 작업은 나도 모르는 사이 감탄을 하게 만들었다. 원작을 살리면서 대본을 만들고 대본에 따라 긴 대사를 외우는 것은 짧은 시간에 해낼 수 있는 일이 아니다. 시간의 인내와 고통의 반복일진대 그 몰입 자체가 대견하고 경이로웠다. 객석을 가득 메운 관객들 중 아무도 스마트폰을 꺼내지 않고 연극에 몰두하는 것 역시 나에게는 놀라웠다. 연극이 끝나고 뒷자리에서 자식의 첫 연극을 보러 온 부모들의 눈빛을 본다. 내 마음처럼 애타면서도 자랑스럽게 지켜보았으리라. 그들과 무언의 눈길을 나누며 모두 한 무대에 있었다는 생각이 들었다. 보는 눈이 다르고 살아온 세월이 다르지만 같은 무대에서 살고 있다는 믿음이 우러났다.

"나목에겐 아직 멀지만 봄에의 믿음이 있다."

포스터의 글귀를 다시 보며 연마와 열정을 가지고 봄을 기다리는 건강한 젊음을 본다.

나는 늦은 밤 집에 돌아와 해어진 덧버선을 꿰매며 호흡을 가다듬는다. 바늘과 실이라는 눈에 보이는 도구로 손을 움직이는 일은 멀리서부터 오는 깊은 평온감을 준다. 이 오롯한 시간은 신비롭게도 마음을 낮추어 감사하고 축복할 수 있는 기운을 준다.

붉은 열매는 새들에게 다 내주었지만 산수유나무 가

지 끝에는 벌써 봉긋봉긋 망울을 맺고 있다. 창밖에 빈
나무들을 바라보며 봄에의 예감으로 마음을 모아본다.

경의선 책거리

좀처럼 홍대 근처에는 갈 일이 없다. 휴일인데 그리로 향한다. 경의선 책거리라는 데서 요청이 와서 가는 길이다. 비가 내리는 강변북로를 달린다. 양화대교 입구까지 가다가 오른쪽으로 들어가 홍대 앞으로 가는 좁은 골목으로 좌회전해서 올라간다. 이제야 조금 길이 생각난다.

소극장 산울림으로 가는 길. 어머니와 연극을 보기 위해 왔던 길이다. 초대를 받으면 열심히 가셨던 어머니. 나는 그저 운전기사였지만 연극을 볼 수 있었다. 극장에서 영화를 보고 나서 밖으로 나오면 세상이 달라보이듯 연극을 보고 나와도 세상 밖이 달라보였지. 연극에 몰입하면 할수록.

나는 내비게이션이 시키는 대로 작은 로터리를 돌고 돌다가 목적지가 나오지 않아 담당자에게 전화한다. 곧 나오겠다고 한다. 금세 내 위치를 알겠다고 했고 차에서 기다리니 곧 만난다. 내 차에 태워서 같이 그리로 간다. 없어진 경의선 기차길 주변에 조성된 장소이다. 책에 관한 산책로를 만든 것이다.

나는 거기 사무실에 꾸며진 스튜디오에서 이금희 아나운서와 인터뷰를 진행하게 되어있다. 내 책에 관한 이야기를 나누는 영상이 나올 예정인데 미리 대본을 받았다. 이 일이 성사되기 위해 10번 가까이 메일이 오고 갔다.

이금희 씨가 도착했는데 반겨준다. 나야 TV에서 많이 보았는데 익숙함은 그대로이고 실제로 보니 훨씬 귀엽다. 예쁘시다고 하니 분장 덕분이라고 한다. 내 책을 다 읽고 왔다며, 페이지마다 줄을 그었단다. 고맙기도 하여라. 두 명의 촬영기사와 진행 담당자들이 분주하다. 책을 다 읽었다고 하니 무장해제가 되어 자연스럽게 마칠 수 있었다. 대본에 있는 독자의 물음 카드에 대답을 하는 것까지 마쳤다.

이런 요청은 오는 길에 컨디션 조절도 해야 하여 부담이 된다. 그러나 내 책을 홍보하는 일이니 거절할 수가 없다. 또 어머니 10주기를 추모하는 전시를 위한 것이니. 피할 수 없을 때는 즐기자.

능란한 아나운서의 모습을 지켜본다. 언어의 중요성을 이야기하는 사람. 내 글에서 나오는 "조붓하다", "구메구메" 같은 낱말은 요즘 사람들이 잘 쓰지 않지만 아름다운 말이라고 하며 나에게 이런 말들을 많이 써달라고 부탁한다. 얼마나 고마운지. 젊은 사람들과의 작업을 순조롭게 잘 마치었다.

거기서 멀지 않은 곳에 땡스북스라는 서점을 찾아간다. 골목골목이지만 홍대 근처의 활기가 살아있다. 그 골목의 서점에서 내 책이 나온 시리즈를 전시하고 있다. 요즘 사람들의 취향에 맞는 책들을 판다. 영화, 시, 새로 나온 산문집, 건축. 책으로 트렌드가 느껴진다. 나는 에드워드 사이드의 《말년의 양식에 관하여》를 산다. 젊은 서점주인이 자기가 보려고 두었던 책인데 좀 낡았다고 십 프로 할인해 준다.

유퀴즈 온 더 블록 관찰기

촬영 바로 전날 성수동의 어느 카페라고 녹화장 주소를 보내주었다. 나는 요 며칠 동안 방송 준비로 정신이 온통 흔들렸다. 지난해 요청이 들어온 것을 건강상의 이유로 거절했었다. 그러고 나서 조용하길래 그냥 지나가나 보다, 다행이라고 생각했는데 또 연락이 왔고 어쩔 수 없이 하겠다고 했다.

인기 프로그램이라고 했다. 지난 회차를 검색해 보니 재미있었다. 이정재도 나오는. 그냥 보고 있으면 재미있을 프로였지만 내가 나온다면?

나는 이걸 어떡하지 하면서도 촬영 현장을 구경하고 싶다는 약간의 호기심이 있었다. 그게 문제라면 문제다. 뭐든지 자초하는 것. 출연을 결심한 또 하나의 이유는 어

135

머니에 대한 대중의 관심이 이어져 더 알고 싶어 했기 때문이다. 나를 보고 싶어 하는 것이 아니라 작가 박완서의 자취를 그리워하는 것이다.

　나는 섭외 요청을 수락했고. 방송 담당 작가와 대본을 짜느라 4시간 넘게 통화를 하여 기운이 다 빠졌다. 책에다 쓴 거지만 다시 설명을 해주어야 했다. 젊은 그들이 태어나기도 전의 일들인데 어찌 알겠는가? 1970년 어머니의 데뷔 당시 일부터 그의 질문에 성실히 답했다. 담당 작가는 밤을 새워서 책을 보고 영상을 찾아본 것 같다. 그들에겐 절박한 일이다. 전화 인터뷰 후 자체 회의를 하고 담당 MC가 어떤 질문을 던질 것인지 대본 카드를 완성하는 과정. 거기에 딸린 젊은 인력들.

　나는 무슨 옷을 입을 것인가를 걱정한다. 그 전날까지도 마음이 정해지지 않았다. 짜증이 난다. 약간의 설렘이 있으면서도 누가 좀 어찌 해주었으면 하는 부질없는 생각이 오고 간다. 아무도 그걸 대신할 수 없다. 나는 그 전날 갑자기 오래된 코트를 꺼낸다. 어머니가 한두 번 입으셨지만 그냥 남겨둔 코트는 노라노 선생이 디자인한 옷이다. 나는 그걸 입기로 한다. 그게 편안할 것 같고 눈에 띄지 않을 것 같아서.

아무튼 밖에는 눈이 오고 있다.

조카딸이 데리러 온다. 착하고 말없이 이모를 도와주는 아이. 그 애가 나를 도와주러 회사를 하루 쉬고 와준다. 그 애는 나를 편안하게 성수동 카페에 데려다준다. 도착했다니까 담당 작가가 나온다. 나와 다섯 시간 넘게 통화한 작가인데 검정 긴 모직코트와 긴 머리가 너무 세련되고 멋지다. 배우 같다. 그 친구는 간단하게 코로나 진단 키트를 해야 한다며 나와 조카에게 하는 법을 알려준다. 차 안에서 코로나 검사를 한다. 참으로 희한한 세상을 살아가는구나. 다행히 음성으로 나오고 그의 안내를 따라 근처 건물로 올라간다. 분장을 하기 위해서이다.

건물은 마치 짓다 만 집처럼 시커멓고 허술한데 거기에 임시 미용실을 만들어 머리와 분장을 담당하는 두 여자가 큰 거울과 화장 도구 앞에 나를 앉힌다. 젊은 여자 둘은 전문가이다. 나는 안경을 벗고 머리와 얼굴을 맡긴다. 애들 결혼식 후 처음이네. 능숙하고도 정성껏 해주는 손길. 평소 피부 관리를 한 지도 오래되어 미안하다. 눈 화장도 정성을 들여준다.

다 끝나고 안경을 쓰고 거울을 보니 놀랍다. 마치 하지 않은 듯 자연스럽다. 나는 화장이 어색할까 봐 걱정했는데 안 한 듯 자연스러운 화장이 요즘 트렌드인가 보다. 얼마나 고마운지. "오늘 호사를 하네요"라고 감사를 표한다.

화장이 끝났는데 녹화 시간이 아직 남았다며 거기 앉혀놓고 담당 작가는 또 묻는다. 전화 통화로 부족했나 보다. 토마토주스로 요기를 하면서 또 답을 해준다.

나는 사실 어지럽고 쓰러질 것 같다. 검은 페인트를 칠한 어두운 실내, 마치 폐업한 술집 같은 어수선한 실내의 차가운 공기에 혼이 나갈 것 같다. 마치 폐허가 된 전쟁통의 도시 뒷골목에서 연극 분장을 하는 것 같다.

밖에는 눈이 오는데.

정신을 차리고 목캔디를 하나 입에 넣으며 더 많은 제작진이 있는 녹화 장소로 이동한다. 결국 나에게 코트를 벗는 게 좋다고 한다. 내 마음대로 안 되는 거지. 그들에게 맡기니 마이크를 옷 속으로 넣어 장착해 주더니 올라오라는 신호가 오는지 가라고 한다. 2층인지 3층인지 걸어 올라가는데 세트장에 이미 두 MC가 앉아있다. 갑자기 시작이다.

세상에, 환한 조명에다가 앞에는 열 대가 넘는 카메라와 수십 명의 제작진. 도대체 생각할 겨를도 없고 시작 큐 그런 것도 없다. 그냥 휘리릭. 유명 MC의 얼굴을 들여다본다. 배우의 영혼을 가졌다. 손에 대본 카드를 든 MC가 그 카드를 보면서 나에게 질문한다. 작은 낚시 의자에 늙은 나를 앉히고. 앞에는 스무 명 가까운 카메라맨들이, 측면 에도 제작진이 있다.

"어머니께서 시를 읊어주셨다면서요?"

"어머니께서 일본 책을 사서 수학 문제를 풀어주셨다 고 하던데요?"

나는 어찌어찌 대답하며 촬영하는 사람들을 본다. 모 두 마스크를 썼다. 나와 두 명의 MC만이 맨얼굴을 마주 보 며 말한다. 키 작은 MC의 얼굴을 자꾸 보게 된다. 균형을 맞추려는 듯. 그 와중에 드는 생각이다.

끝나고 퀴즈를 내고 그걸 맞추면 100만 원을 준다고 한다. 나는 그런 게 있는 줄도 몰랐다. "유 퀴즈?"가 바로 그 런 말이다. 나는 퀴즈를 틀려서 다행히 100만 원을 받지 못 했다. 그걸 받아 어찌하라고. 공돈도, 노력한 돈도 아니고.

그다음에 또 뽑기를 하라고 한다. 뽑기를 좋아하는 민 족인가. 아무튼 한우와 굴비 세트를 뽑았는데, 참 나는 순 진도 하지. 돈은 부담스럽지만 한우와 굴비는 언제라도 먹 겠지 기대했더니 선물 상자가 좀 심상치 않다. 굴비가 쥐 새끼만하다. 한우 모양의 양말과 굴비 모양의 수세미가 들 어있다. 장난스럽다.

밖에는 눈이 오는데 시멘트벽돌이 그냥 노출된 건물에서 벌어지는 일을 누가 알겠는가. 마치 전쟁 중 피난 떠난 빈집을 점령한 임시 방송국 스튜디오 같다. 그러나 이건 나의 감상이고 MC들은 끝나자 번개처럼 사라진다.

나에게 처음 만난 작가가 아닌 다른 제작진이 오더니 다시 프로필사진을 찍어야 한다고 빈방에 세운다. 이제는 그냥 카메라를 든 한 사람이다. 그 많던 카메라맨은 썰물처럼 나가고.

아무튼 일사분란이다. 나는 코트를 입어도 된다 해서 코트 속에서 일단 안심한다. 수십 장의 사진. 내 혼을 다 빼놓는다. 예전에 혼이 빠진다고 사진을 못 찍게 했다는 사람들의 말을 나는 믿는다. 아주 내 혼을 다 빼먹어라. 오기가 생기면서 또 사진을 찍혔다.

여자 감독이 오더니 또 영상을 뜬다. 여자 감독이 질문하고 내가 답하고. 그 여자는 밤새워 내 책을 읽고 영상을 보았다고 한다. 그래서 질문할 게 많은가 보다. 나한테서 무슨 엑기스를 빼내려는 것 같다. 계속되는 질문에 다 답해준다. 여자는 진지하다. 어떡하든 인상적인 문구를 찾으려는 노력이 보인다. 나는 다 털어주었다.

어머니가 어릴 적 읊어주었던 변영로의 〈봄비〉, 그 한
구절을 읊어보기 위해 이 자리에 섰을까?

> 나즉하고 그윽하게 부르는 소리 있어
>
> 나아가 보니, 아, 나아가 보니
>
> 졸음 잔뜩 실은 듯한 젖빛 구름만이
>
> 무척이나 가쁜 듯이, 한없이 게으르게
>
> 푸른 하늘 위를 거닌다.
>
> 아, 잃은 것 없이 서운한 나의 마음!
>
> —변영로, 〈봄비〉

촬영을 마치고 온몸에 혼이 다 빠져나간 듯했지만 그
래도 잘 마쳤다며 조카딸의 차에 오른다. 그 카페를 가득
채웠던 제작진은 이제 온데간데없고 저녁에 카페를 여는
주인이 준비를 하고 있다.

"이모"라고 부르는 조카의 목소리에 사랑이 우러난
다. 강변북로를 타고 집으로 온다. 한강이 드문드문 얼어
그 위에 눈이 쌓여있다. 언 한강을 보면 흥분하는 나. 일상
으로 돌아가야지.

집에 도착하니 집 앞과 계단과 눈을 뒤집어쓴 차의 눈
이 치워져 있었다. 나를 기다리는 사람이 내가 집에 들어

오기 미끄러울까 봐, 빗자루 자국이 사랑스럽게 느껴진다.

✿ ✿ ✿

　그 이튿날 방송 작가에게 전화가 온다. 집에서 또 촬영을 해야 한다는 것이다. 처음엔 그런 말이 없었는데. 나는 좀 화를 내게 된다. 또 서너 시간이 걸린다는 것이다. 네 명이 온다고 한다. 나는 감독 전화번호를 알려달라고 한다. 견디기 힘드니까 대본 작가에게 화를 내게 되고. 결국 나는 어쩔 수 없다는 걸 깨닫고 시간을 정하고 어떤 것을 찍을 것인지 알려달라고 하며 전화를 끊는다. 잠시 후 다시 전화가 온다. "감독에게 전화해서 무슨 말을 하시려는데요?" 위계질서가 있는 것이다. 나는 괜찮다며 전화는 하지 않을 거라며 안심시킨다. 내가 무엇하려 젊은이를 안절부절못하게 만들 것인가? 다 협조하겠다고 한다.

　약속한 날 오전에 엄청난 장비를 들고 촬영감독과 PD가 집으로 온다. 비가 흩날리는 날이다. 장소를 두리번거리며 세트장을 마련한다. 나는 이미 감독이 시키는 대로 움직인다. 부엌에서 불을 붙이고 물 주전자에 물을 끓인다. 평소 물을 끓이지도 않는데. 정수기에서 주르륵. 새삼 김이 나게 물을 끓이고 유자차 타는 과정을 연출한다. 먼

샷, 가까운 샷. 아무튼 그 무거운 기계를 들고 움직이는 촬영감독의 말을 따른다. 좋아요 소리에 무슨 추임을 넣듯이. 젊은이는 머리는 산발을 했지만 멋이 있다. 모두들 마스크를 썼으니 얼굴은 알 수 없다. 동생이라는 보조는 엽렵하게 감독의 명령에 응한다.

성수동 카페에서 인터뷰 영상 뜰 때 있었던 여자 PD가 종이에 쓴 메모를 점검하며 두루 아우르는데 역할 분담은 되어있는 것 같다. 내가 모르는 위계와 역할이 짜여있다. 내가 늘 책을 보는 작은 탁자와 의자가 무대장치로 채택되어 거기 앉아 노트북을 켜고 그들의 지시에 따라 움직인다. 내가 처음 글을 올리기 시작한 경가회 카페로 들어가 1회부터 보게 한다.

세상에 이런 걸 소환하다니. 그들의 콘셉트는 무엇일까? 20년 가까이 지난, 2004년 어느 날 글을 써야지 생각하며 〈아침 산책〉이란 제목으로 시작한 글. 나도 잊어버렸는데. 그들은 그 부분을 클로즈업시킨다.

관악산 등산로 입구에 소주병이 잔뜩 너부러진 쓰레기장을 쑤셔 먹이를 찾는 비둘기에게 "비둘기야 비둘기야 사람들이 버린 쓰레기 속에서 네 먹이를 찾지 말아라. 숲으로 가서 본디 너의 먹이를 찾으려무나. 손쉽게 쓰레기로 배를 불리지 말아라"라며 혼잣말을 하고 있다.

촬영을 끝내고 숨 좀 돌리나 했지만 자꾸 들뜬 마음은 가라앉지 않는다. 들떴다고밖에 표현할 수 없다. 알 수 없는 헛된 흥분 상태다. 조용히 지내다가 일기장을 들추고 그걸 온 천지에 보여주고 감탄을 사고 그래서 또 들뜨고. 나는 그런 상태에서 벗어나기 힘들다. 세트장 같은 곳에서 조용히 늦은 점심을 준비하여 밥을 먹는다. 자꾸 내가 한 말과 낭독한 글이 떠오른다.

밖에는 비가 오는 듯 마는 듯 흩날리는데.

꽃 꽃 꽃

조선일보에서 주말판 〈당신의 책꽂이〉라는 독서란에 2매짜리 글을 써줄 수 있냐고 메일이 온다. 나는 금세 떠오르는 책이 있어 쓴다고 한다. 시간은 이틀도 안 되지만 할 수 있다고 생각한다.

어디든 글을 쓰는 건 괜찮다. 과도한 것이 아니라면.

5권의 책을 추천하고 그중 한 권에 대해서는 짧게 쓰면 된다. 나는 들뜬 정신을 추스르며 책을 꺼내놓는다. 5권은 충분히 할 수 있을 것 같다. 테마가 '엄마가 생각날 때 읽는 책'이다. 엄마가 생각났던, 좋은 책에 관해 쓰려 한다.

나는 책을 나란히 찾아놓고 어떻게 쓸 것인가 머리를 굴린다. 김윤식 선생님의 《내가 읽고 만난 파리》를 꼭 넣고 싶다. 100권이 넘는 김윤식 선생님 책의 하나지만 최근에 읽었다. 어머니가 보시다가 북마크를 끼워놓은 책. 여행을 갈 수 없는 이즈음 책 덕분에 파리를 문화 기행할 수 있다. 세상을 떠난 스승과.

그리고 얼마 전에 읽었던 나쓰메 소세키의 〈이상한 소리〉라는 단편과 그 책 안에 함께 실린 일본 작가들의 단편들이 좋았다. 도스토옙스키의 소설 〈우스운 자의 꿈〉은 유명한 작품은 아니지만 작가와 가까워질 수 있는 책이다. 페테르부르크의 골목길을 도스토옙스키와 함께 헤매는 기분이었다.

칼 세이건의 딸, 사샤 세이건의 책은 청소년들에게 추천하고 싶은 책이다. 언제나 긍정적이고 세상을 읽고 주도한다. 가장 미국적인 책이다.

그리고 완독하고도 또 가까이 놓고 다시 읽은 정명환 교수의 《프루스트를 읽다》에 대해 짧게 쓰기로 한다. 아무리 짧은 글이라도 여러 번 수정하며 글의 양을 맞춘다. 어려운 일이어도 할 수 있는 일이다. 그리고 하고 싶었던 일이다. 그것만으로도 얼마나 감사한가.

　머리가 들뜨지 않고 가라앉힘의 효력이 있으니 더욱
더 그렇다.

일상으로

너에게 메일로 내 글을 써서 보냈어. 올해 계절별로 연재하기로 한 글이야. 너에게 보내니까 술술 써졌지만 그래도 끙끙대었지. 어제는 오늘까지 원고를 보내지 못할까 봐 걱정이 되었는지 병이 도지는 거야. 장에 문제가 생겨 약을 먹으며 다스렸어. 이 계절에 잘 오는 약간의 장염 증세인데 잘 넘어갈 것 같아. 일 때문에 스트레스를 받다가 결국 그 일을 마쳤을 때 풀리고는 해.

입춘이 지났는데 기온이 떨어지니까 힘드네. 다시 겨울옷을 꺼내 껴입고 패딩 옷을 이불처럼 덮고 있어.

무슨 태풍이 지나간 것 같은 방송. 아주 잘 되었고 만족스러웠지만 내가 낯설었어. 보여지는 것이 전부일까?

모두들 곱다고 예쁘다고 했지만 정말 그럴까? 대중의 눈길을 끈다는 게 무서웠어. 그 속에 독이 들어있는 것 같고 배우들이 불쌍해지더라. 그들은 자신을 없애버려야 배우가 되는 것 같아.

이런저런 이유로 방송에 나간 적은 있지만 큰 관심을 끌지 않았는데 유명 MC와 인기 프로라는 게 그렇게 큰 영향력이 있을 줄이야.

그래도 감사했어. 대중들에게 어머니의 문학과 정신을 알려주려는 노력이 감동적이었어. 프로를 만드는 하나하나의 열정과 노력이 놀라웠어. 한 장면도 허투루 나온 게 아니구나. 내가 힘들었던 건 아무것도 아니지. 나의 시간과 영역을 조금도 빼앗기기 싫다는 이기심일까.

아치울에 돌아왔어. 창가의 히아신스가 시들었는데도 예뻐서 바라보고 있어. 봄이 오면 땅에다 옮겨 심어주어야지. 내년 봄에 흙에서 나올 거야. 나의 일상이 지속되는 것에 감사해.

숲멍

어제 오후 망연히 숲을 보고 있었어. 숲멍이라 해야 하나.
꽤 큰 까마귀가 날개를 펴고 날아가는 거야. 날개가 독수
리 같았어. 우리나라에서는 까마귀를 별로 좋은 새라고 생
각하지 않는데 다른 나라에서는 길조라 한다는 말을 들었
어. 나는 좋은 새라고 생각하기로 했지. 빠른 비상, 검정
패션, 성깔진 소리의 까마귀.

　한 마리도 아니고 수십 마리가 숲에 모여들더니 장관
을 이루네. 머리가 좋다고 하지. 새들에게도 새들의 영혼
이 있겠지. 한동안 무슨 축제를 하듯 군무를 하더니 어느
새 숲이 조용해지네. 아직은 잔설이 있는 차가운 숲.

　고라니가 내려오기도 하는 숲을 멍하니 바라보았지.
나는 바라만 보았을 뿐 20년이 넘는 세월 저 숲에 들어간

적이 없어. 아, 딱 한 번 있었네.

　동생이 종일토록 아파트에서 주인을 기다리는 강아
지가 불쌍하다고 아치울 집에 데려다 놓았는데 어머니나
나나 강아지를 좋아하지 않았어. 그래도 점점 묘하게 정이
들었어. 아파트에서 키우던 애완용 강아지는 아치울의 마
당과 집이 버거웠나 봐. 그러다가 야생 동물의 습격을 받
았는지 어느 날 싸늘하고 뻣뻣한 죽음을 맞았지.
　나는 강아지를 한지에 싸서 들고 어머니는 큰 삽을 들
고 숲으로 갔지. 그때는 냇물 건너 집들이 지어지기 전이
었어. 아마도 밤나무 아래에 묻었을 거야. 그 일도 20년이
다 되어가네. 나는 동물의 털을 만지기 싫어했지만 그 강
아지를 안고 하염없이 숲을 바라보기도 했어. 별로 좋아해
주지 않는 주인이었지만 온몸을 맡기던 강아지. 어느 날
강아지의 털을 쓰다듬으며 나에게 온 아이를 사랑해 주어
야지 했는데 며칠 안 있어 죽고 말았네. 왜 이런 생각이 나
나 몰라.
　어머니도 나도 그 후 동물을 키우지는 않았지. 언제나
사람을 사랑하는 것만으로도 벅차다고 생각했으니까.

　예전에 어릴 때 집에서 쫑이라는 발바리를 키운 적이

있어. 그때는 식구가 많으니까 자연스러웠지. 겨울이었는데 묶어만 두니까 밖에 나가고 싶었나. 묶은 줄을 놓치는 순간 쫑은 대문을 튀어나갔고 대문 앞에서 놀고 있던 어린 남동생과 동네 친구들한테 달려들었나 봐. 그 아이들을 물지는 않은 것 같은데 그 아이의 엄마가 광견병에 걸렸을 수도 있다고 해서 한동안 곤혹을 치르었지. 그 겨울 어머니는 쫑을 데리고 매일 동물병원에 갔어. 그 이웃의 엄마가 안심할 때까지. 우리 집 쫑이 광견병 균을 갖고 있지 않다는 걸 증명하려고.

그때의 어머니 표정이 생각나네. 마흔 살도 안 되었을 젊은 엄마였지만 애처로워 보였어. 매일 병원에 가야 하는 쫑도 죄를 지은 양 불쌍해 보였고.

요즘 인터넷에 어머니 글이 음악을 곁들여서 자주 뜨곤 하는데 그중 어머니 글이 아닌 게 많아. 아니면 일부는 어머니 글인데 남이 쓴 글을 붙인 것도 있지. 어제도 후배가 보내왔길래 내가 원본을 찾아 알려주었어. 종일 책의 페이지를 넘기며 찾아내었지. 일부는 인용했지만 전체는 아니야. 왜 그럴까? 인용 표기만 제대로 쓰면 될 텐데. 애매하게 속이는 건 왜 그럴까?

그 글에 허리가 아팠다든가 예전에 모시는 분을 찾아

갔다든가 인체의 부위를 가격으로 계산한다든가 하는 것은 어머니 글이 아니라고 누 차례 알려주었지만 퍼지는 것을 내 힘으로 막을 수 없었어. 어머니는 허리가 아픈 적이 없다는 것, 예전에 모시던 분이란 게 아예 있지도 않다는 걸 어찌 설명해야 할까?

진짜와 가짜를 붙여넣는 것. 그걸 보고 가리면서 그렇게 하루가 가더라.

히아신스 꽃다발을 안고

조팝나무 꽃이 레이스 커튼처럼 한들거린다. 옮겨심은 나무에도 꽃이 더 예쁘게 피었다. 며칠째 이상고온이라 겨우내 입었던 내복도 벗어버리게 하더니 숲은 연둣빛으로 물들었다. 5월이 되기 전에 신록이 되었다. 비가 촉촉히 오니 마음이 차분해진다. 건조한 대지를 적셔주니 더 이상 바랄 게 없다.

어제 일이 또 꿈인 듯 되어버렸네.

워즈워스의 시 〈Daffodils〉, 딜런 토머스의 〈Do not go gentle into that good night〉, T. S. 엘리엇의 〈The Waste Land〉, 프루스트의 〈The road not taken〉. 행사는 김광균 시인의 따님이고 여학사협회를 이끄는 김영자 회장님이

영시를 낭독하는 순서로 시작했다. 아주 많이 알려진 영시지만 어렵다.

내 차례가 되었다. 예전 서울대학교 본부 자리였던 오래된 건물이 예술가의 집으로 바뀌었는데 그 익숙한 건물까지 오는 길에 대한 느낌부터 운을 뗐다. 그리 높지 않은 단상이라 서서 했다. 중간중간 질문을 해도 좋다고 했다. 나는 어찌어찌 이어나갔다. 준비한 PPT 화면도 있었다. 좋은 질문이 들어와 자연스럽게 말을 이어갔다. 누군가 박완서 작가 책의 제목에 대해서도 물었다. 질문하는 분이 문학에 상당히 조예가 깊다는 걸 느꼈다.

〈엄마를 기록하다〉라는 제목에도 충실하지만 자유롭게 이어갈 수 있었다. 시간이 벌써 다 되었네. 마무리할 시간. 두 시간 가까이 서서 강의를 하다니, 스스로 놀랍다.

기념사진을 찍고 히아신스 꽃다발을 한가득 받았다. 세상에 하얀 뿌리까지 잘라 이렇게 꽃다발을 만들다니. 향기가 진동했다. 나는 가져간 책을 수고한 분들께 선물했다.

나는 그 꽃을 안고 자동차를 세운 의과대학 주차장으로 가서 동생에게 전화했다. 잠깐 얼굴을 보고 히아신스 꽃을 서너 촉 건넸다. 퇴임을 앞둔 동생은 얼핏 보아선 연구실에서 공부하다 나온 의과대학 학생 같아 보인다. 좀 잘 먹어야 할 텐데 안쓰러운 연민의 정이 우러난다.

　집에 오는 차 안에서 몸에 기운이 다 빠져나간 듯하지만 마음이 가볍다. 숙제를 마쳤어. 시험이 끝났어. 길이 막혀도 쉬엄쉬엄 느긋하다.

상담대학원 강의

새벽에 깨어 밖에 나가니 아직 어둠이다. 별이 선명하게 반짝이고 달이 서편으로 아직 넘어가기 전 뚜렷하게 사방을 비춘다. 기온이 그리 떨어진 것 같지 않다. 요 며칠 차가운 기운이 몰려와 다가오는 겨울을 걱정했었다. 스웨터를 꺼내 입으면 되는데 하면서도.

상담대학원이란 곳에서 강의를 하는 날이다. 요청을 받은 것은 지난 학기여서 한참 남은 줄 알았는데 금세 다가왔다. 몇 주 전부터 강의 준비를 위해 끌탕을 했다. 이혜성 총장으로부터 강의 요청이 들어왔을 때 머릿속에 떠오르는 게《그 남자네 집》이었다. 상담을 공부하는 대학원생들이 자기 객관화를 체험하도록 도와줄 책이었다. 그래서 덜컥 하겠다고 했다.

2주 전에 수강생들에게 숙제를 미리 내어주고 강의계획서를 쓰고 PPT를 만들고 하면서도 머릿속으로는 내가 제대로 할 수 있을까 하는 압박감이 들었다.

무슨 옷을 입고 갈까? 고민하며 이것저것 꺼내 입어보다가 결국은 수수하게 입고 스카프만 새것으로 그것도 윗도리 안으로 두른다. 내가 옷에 신경을 안 쓴 듯 보이면서도 성의는 있도록. 까만 에나멜 구두를 꺼내 신는다.

수강생들이 메일로 보내온 숙제를 프린트해서 챙긴다. 평가를 할 필요가 없는 특강이지만 A⁺를 주고 싶은 것도 있다. 수업을 준비하는 과정에서 2004년 어머니가 낸 《그 남자네 집》을 내가 처음 읽고 나서 쓴 〈엄마의 연애소설〉이란 글과, 책을 낸 후 산후우울증에 빠진 엄마의 모습을 그린 글을 보았다.

그때의 글이 사랑스럽다. 자기도취에 빠졌다고 하겠지만 지금의 나와는 다른 젊은 결이 있다. 지금은 그렇게 못 쓸 것 같다. 그렇다고 50대의 나를 모방할 수도 없는 노릇이다. 그 시간의 결을 다시 쓸 수 없다. 흘러가 버렸기 때문이다.

서초동에 있는 대학교로 내비게이션을 치고 가는데

낯익은 동네라서 쉽게 찾아간다. 6층에 있는 총장실에서 총장을 처음 만난다. 대학의 대선배님이자 그 대학원을 설립하신 분이다. 체구는 자그마한데 마스크 속 굵고 부드러운 목소리는 권위가 느껴진다. 58학번이라 하는데 믿어지지 않는다. 처음 만나는데도 어머니와 나의 책을 이미 읽은 분이어서인지 친숙하게 대화를 나눌 수 있다. 같이 나누어 먹자고 꽃으로 장식한 앙증맞은 케이크를 잘라주는데 의외로 맛이 좋다. 감칠맛 나는 떡, 장미꽃 장식은 부드러운 팥 고명이었다. 한 조각이지만 차와 함께 잠시 티타임을 즐긴다.

강의실로 가니 모두 개인 테이블에 앉아있고 투명 칸막이가 되어있다. 코로나19로 그렇게 의자 배치를 하게 한 모양이었다. 너무 긴장된 분위기라 오히려 내가 왔다 갔다 하며 편안하게 시작한다. 내가 말하는 도중 질문을 해도 좋다고 한다. 총장도 수강생들과 함께 강의를 듣는다.

아무튼 그 모든 것을 버무리고 쏟아내어 3시간 강의를 15분이나 넘치게 해내었다. 마지막에 발표 시간이 있었는데 한 수강생은 발표를 못하고 울음을 터뜨린다. 내가 그가 메일로 보낸 글을 다 읽었다고 하니까 갑자기 눈물이 났나 보다. 한 수강생은 미리 숙제를 보내지 못했는데 지금이라도 보내도 되냐고 묻는다. 나는 물론 좋다고 한다.

내가 준비한 것을 다 하지는 못한다. 늘 넘치게 준비했다. 그래도 숙제를 마친 듯, 시험을 다 본 듯 가뿐함을 느낀다. 그러나 몸은 빈 그릇 같다. 머리는 텅 비었다.

나는 밀리는 퇴근길에 천천히 집으로 향한다.

"오늘도 수고 많으셨습니다."

FM 라디오 〈세상의 모든 음악〉 전기현의 오프닝 멘트는 언제 들어도 슬프면서도 부드럽고 다정하다.

도시의 저녁이 오고 있지 않은가.

청하는 이들에게

덩굴이 올라오길래 지지대를 해주었더니 잘 타고 올라 가더라. 무슨 식물일까? 식물 이름을 가르쳐주는 사이트에 물어보니 나팔꽃이라고 해. 글쎄 잎만 보고 알 수가 있을까? 내가 나팔꽃 씨를 심었는지 기억이 나지 않아. 백일홍 씨는 심었는데도 올해는 나오지 않았는데 심지도 않은 나팔꽃이? 식물의 기분을 알 수 없다.

몇 년 전 해운대에서 옮겨 심은 야생 백합은 해마다 새끼를 치더니 이젠 군데군데 열 그루 가까이 되었어. 아주 싱싱하고 생명력이 대단해. 내가 일부러 옮겨 심은 것도 아닌데 제 스스로 퍼진 거야. 뭔지 모를 식물이 키가 훌쩍 크더니 노란 꽃을 피우기도 한다. 큰 키에 노랗고 수줍은 듯한 꽃이 신기해서 한참을 바라보고 있어.

숲에서 날아온 씨앗일까?

그들의 역사를 사람이 알 리가 없다. 새들이 끊임없이 숲을 드나드는데 그들이 무엇을 먹고 싸는지 알 수가 없다.

몸집이 꽤나 큰 까마귀가 숲을 가로지르듯이 날다가 순간적으로 수직 하강한다. 무엇일까? 먹잇감을 발견한 것일까? 어쩜 그리 꼬라박듯이 빠른 속도로 내려올 수 있을까?

어치는 마당에 블루베리 열매를 다 따먹어버리고 보라색 똥을 아무 데나 자유롭게 뿌린다. 산딸나무 붉은 열매가 익으면 따먹고 나서 붉은 똥을 싸겠지.

작은 사과가 익어가고 푸른 감이 익어가고 있어. 여름의 절정을 지난 듯 나무의 흔들림이 왠지 쓸쓸하게 느껴지네. 아직 노염이 남아있건만. 가뭄과 장마의 변덕스러움을 견디어내고 살아남은 식물들은 어쩐지 위엄이 있어 보이네. 나의 느낌이겠지만. 사람들과의 대화가 힘들어지면 식물들과 저절로 대화를 하게 되네.

나는 식물들에게 무조건 칭찬하고는 해. 잘 견뎌냈어. 국화도 벌써 꽃망울을 맺었네. 뒤늦게 구근을 심은 글라디올러스의 꽃대도 당당하게 올라오고 있어.

어제는 주일미사를 보러 성당에 들어서는데 차를 세울 데가 마땅치 않아 빙빙 돌다가 조금 늦어졌어. 몸 둘 바를 몰라 고개를 숙이고 앉아있었어. 제1독서를 읽는데 외국어처럼 알아들을 수가 없는 거야. 나중에 머리를 들고 보니까 한 청소년이 떠듬떠듬 말씀을 읽고 있었어. 그 옆에는 봉사자인 듯한 분이 말씀을 하나하나 짚어주고. 내가 너무 아무 생각 없이 미사를 드리고 있었구나 싶어서 갑자기 정신이 번쩍 들길래 귀를 기울였지. 모든 것이 당연한 건 아니구나. 한글을 읽고 소리를 내는 게, 한 글자 한 글자 읽는 게 저렇게 힘이 들다니. 요즘 드라마에서는 자폐 장애인이 변호사가 되어 활약하는 이야기가 인기를 끌고 있는데 그런 천재는 현실적으로는 백만 사람 중 한 사람 나오기도 힘들다고 해. 그래도 사람들이 환호하는 것은 밝은 드라마를 통해 희망을 갖게 되고 판타지라도 위로를 받아서가 아닐까?

나는 독서하는 청소년을 위해 기도하게 되었어. 그 애를 부축하여 이끄는 봉사자를 위해서도 기도하게 되었지. 그날은 삼십 대 사십 대의 엄마들과 눈인사를 나눴어. 그들은 피곤해 보였어. 나의 나이의 반쯤밖에 안 되겠지만 그들에게 젊음의 발랄함보다는 삶의 무게가 느껴졌어. 그들의 표정과 간절히 기도 드리는 모습에 연민의 정이 느껴지면서 진심으로 기도를 보내게 되었지.
왜 그랬을까? 늙어가는 내 삶의 고뇌와 무게감이 아무것
도 아니게 느껴졌어. 아이들을 키우고 교육을 시키는 것
이 언제 어디서나 쉬운 일이 아니겠지. 넘쳐나는 정보의
홍수 속에서 중심을 잡고 사는 게 얼마나 힘들까?

그날따라 대화를 나눈 것도 아닌 그저 평화의 인사
를 나눈 사람들에게 나도 모르게 간절한 기도를 보내고
있었어.

얼마 전 이해인 수녀님이 어머니의 서간을 우편으로
보내오셨어. 귀한 편지여서 내가 갖고 있는 게 좋겠다고
하시며. 그동안 어머니의 친필 서간을 고이 간직하셨다
가 보내주시는 마음이 어쩌나 감사한지. 어머니의 글씨
가 너무 선명하여 믿어지지 않았어. 30년이 훨씬 지났는
데도 종이가 조금 누렇게 되었을 뿐 한 글자 한 글자 조심
스럽게 쓰신 것을 보니 눈물이 나는구나. 생활성서에 〈한
말씀만 하소서〉를 연재하는 중 러시아 여행으로 한 달을
쉬게 된 연유를 전하면서 긴 편지를 시작하고 있었어.

"쓸 때마다 그때의 처절한 고통을 되씹어야 하는 것
도 못할 노릇이고요, 저로서는 정직하려고 최선을 다하

고 있습니다만……. 또 내 고통을 밑바닥까지 들어냄으로써 비로소 희미하게나마 주님을 증거할 수 있을 것 같은 마음도 없지 않아 시작한 일인데 갈수록 힘들어 요새는 여간 후회가 되지 않습니다. 제 힘든 일이 헛되지 않도록 수녀님 기도해 주세요."

그러면서 모스크바 근교의 여행지에서 광활한 자작나무숲에 끝도 없이 깔린 민들레 꽃밭을 본 황홀한 광경을 묘사한 슬프고도 아름다운 편지를 읽고 또 읽었어. 수녀님이 왜 나에게 이 편지를 전해주신 걸까 생각했어. 두 분의 사적인 편지인데. 딸인 나도 아무런 위안이 되지 못하였을 때 수녀님께 쓰는 편지가 얼마나 큰 위로가 되었을까? 나는 그때 내 자식들을 먹이고 키우느라 어머니의 슬픔과 고뇌를 알면서도 잘 견디어내실 거야, 강한 분이니까, 하면서 외면하고 있었으리라.

멀리 있는 너에게 독백 같은 편지를 쓴다. 이 여름의 끝자락에 부디 강건하기를 빌며 기도 안에서 만나기를.

계절의 비애감

비가 온다. 6월의 뜨뜻한 비가 온다. 살구가 떨어지는 계
절의 비애감을 생각한다. 예전에는 어머니가 6월을 힘들
어하는 마음이 전해져서 힘든 줄 알았다. 그런데 그 피가
내게도 흐르는가? 6·25전쟁 같은 건 하나도 생각하지 않
았는데도 힘들다. 그래, 그냥 계절 탓이야. 뚝뚝 떨어지는
살구를 주워다 씨를 발라내고 끓이고 설탕에 졸이는 것을
반복한다. 어디서부터 오는 비애감일까? 살구의 머리를
흔들고 깨끗한 유리병에 채워놓는다. 투명해진 살구잼을
들여다본다.

이웃에 사는 선생 M에게 오랜만에 연락이 와서 근처
커피숍에서 만나기로 한다. 오늘은 포도주스와 레몬차를

시켜놓고 이런저런 이야기를 나누다가 남동생들 이야기를 들려주었는데 건축하는 동생이 방글라데시의 오래된 유적을 복원하기 위해 떠났다고 한다. 새로운 일에 도전하는 동생에 대한 이야기를 하는데 갑자기 남동생 생각이 났다. 살아있어야 미래가 있는 거구나. 당연한 거지만 순간 마음이 아파왔다. 빛바랜 과거만이 있을 뿐이야. 슬픔을 떠올리지 말아야지 하면서도 어느 틈에 눈이 젖어온다. 앤 어디 간 거야?

커피숍 앞마당에 핀 산수국이 비를 머금어 별처럼 빛난다. 푸른빛에 자꾸 눈이 간다.

비아라고 불러준 친구

눈 뜨자마자 옆에 있는 폰으로 카톡과 메일을 체크한다. 별 게 없을 수도 있지만 밤 사이에 반가운 사진과 영상이 올 때도 있다.

프랑스 남부 곳곳에 시골 사진을 보냈던 친구가 생각난다. 나를 비아라고 불렀던 친구. 나는 그 사진을 보고 즉흥시를 보내주기도 했다. 그 친구는 내 시를 좋아했다. 새벽에 다다닥 들어왔던 아름다운 사진들. 이 세상의 아름다운 것을 나누고자 했던 친구. 그 친구에게는 자랑을 한다거나 하는 마음보다 깊은, 서로의 마음을 헤아리는 우정이 있었다.

그 친구의 마지막을 보지 못했다. 아산병원 장례식장 주차장으로 들어가기 싫어 병원 주변을 울며 헤매었다. 나는 친구에게 수놓은 손수건을 전해달라고 하며 울면서 집으로 왔다. 주차장은 핑계였고 슬픈 것이 싫어서였다. 발길이 떨어지지 않았다. 친구의 손에 내 손수건을 쥐어주었다고 한다. 그 애의 마지막 날이었다.

그 이야기를 하려고 시작한 게 아닌데.
나는 글을 쓰면서 내가 울게 되는 소재는 피하려 한다.

오늘은 모르는 문자가 보이는 메일을 받았다. 카이로에서 온 메일이다. Dear Won이라고 내 이름을 썼다. 전번에 아제르바이잔에서 온 메일에는 박완서 작가를 남자로 알고 "너의 아버지의 작품"이라고 하던데.
오늘은 아랍어로 어머니의 작품을 번역하고 싶다는 영문 메일이 왔다. 또 숙제가 생겼다. 카이로는 가본 적이 없는데. 그래도 어떤 친숙함은 있다.

어머니의 일기

어머니는 돌아가시기 10년 전부터 일기를 쓰셨어. 말년에 자꾸 희미해지는 기억을 위해 쓰셨다고 해. 오늘 아침에 한 일도 오후에 생각나지 않을 수가 있잖아. 그전에는 일기를 쓰지 않으셨지. 글을 쓰기 전에도 어머니가 일기책을 가진 걸 본 적이 없어.

여성지에 끼워오는 가계부도 첫 달 며칠을 쓰다가 그만두시곤 했지. 돈에 있어서는 치밀하지 않으셨어. 나도 그 점을 좋아하고 물려받은 편이 있지만. 대신에 받은 은혜에 대해서는 꼭 감사하고 갚으셨어. 세세한 계산은 안 해도 늘 큰 틀에서는 유지하는 경제 관념이셨어. 공돈이 들어오면 흐지부지 쓰는 자유를 누리셨지. 그게 크면 언제나 남모르게 기부하셨어.

이런 이야기를 하려고 한 건 아니야. 내가 21년 초에 쓴 일기를 보니 좀 자세하게 썼더군. 그걸 보며 "아, 이랬었구나" 싶었어. 1년도 안 된 일이 왜 이리 아득한지. 아픈 적이 많아 병원 출입하며 검사도 많이 받았는데 기억이 잘 안 나는 거야. 애 낳을 때의 산통도 억지로 떠올리지 않으면 생각이 안 나잖아. 왜 아픈 걸 기억하겠니? 아이들이 태어나서 준 기쁨만 기억하자. 내 기억에 있는 기쁨. 고통은 이미 사라진 거잖아. "내가 그때 얼마나 힘들었는데" 같은 말은 하지 말자.

현재 아픈 데가 없으면 감사한 거지. 좋은 것만 기억하기에도 얼마 남지 않은 생이 아닌가? 아니 많이 남았나?

어제는 《월간문학》이라는 문학지에 노순자 작가와 어머니가 가상 인터뷰를 하는 글이 실렸어. 나에게 사진을 달라고 해서 사진을 보낸 적이 있어.

노순자 작가는 《여성동아》 출신 박완서의 절친한 후배로 평생의 문우였지. 그분은 천상의 선배 작가와 대화를 나누는 거야. 여기 지금의 우리 가족 소식도 전하고 있었어. 그러면서 "그곳에서도 소설 쓰고 싶으실 것 같은데 어떻게 견디세요?" 하고 묻는 질문에 어머니는 웃으며 "상상에 맡길게" 한다. 천상 생활을 묻는 질문에도 "죽어야만 알아. 이 저승 비밀은 하느님도 절대 누설하지 않아"라고 답하는 거야. 어머니다운 답이었어.

어쩌면 소설인지도 모르지. 소설가가 쓰는 글은 다 소설일지도 몰라. 그래도 고마웠어. 원숙이는 학예사 역할을 잘하고 있다고 전해주셨어.

이어령 선생님

이어령 선생님이 돌아가시고 네 자매가 같이 문상을 갔다. 마침 몇 주 전에 미리 점심 약속을 해놓은 날이었다. 우리는 모두 검은 코트를 입고 왔지만 즐겁게 점심을 먹었고 종로구 연건동으로 향했다. 내 차에 동생들을 태우고 가는 나들이 같았다. 자매는 각자 이어령 선생님에 대한 추억이 있었다. 어머니와 함께 평창동에 초대받은 기억과 함께.

《이어령의 마지막 수업》을 읽고 나서 뵈어야지 했지만 미루었는데 정말 3월을 넘기지 못하셨다. 진정한 천재는 많은 사람에게 많은 것을 베풀고 거저로 소중한 것을 준다. 지적인 유산의 혜택이다.

나는 서울대 장례식장 주차장이 협소한 걸 알기에 동생의 의대 연구실 주변에 차를 세우고 네 자매가 언덕을 걸어 올라갔다. 나는 내 감정과 감회가 더 짙어지지 않도록 애썼다. 쓰리고 애달픈 기억을 되살리지 않으려 담담하게 함춘원의 언덕을 올랐다.

그 언덕을 내려가는 길목에 현충탑이 있는 줄 몰랐었다. 6·25 때 죽은 사람들, 쳐들어오는 공산군에 허무하게 죽은 사람들의 이름이 적혀있다. 시체가 산같이 쌓여있었다는 서울대 의과대학이 아닌가?

나는 담담히 들어가 문상을 한다. 이어령 선생님의 음성이 들리는 듯하다. 영인문학관 학예사가 반갑게 맞이한다. 접견실로 가서 강인숙 관장님을 뵀다. 네 자매가 같이 온 것을 보더니 손을 잡으셨다.

존경과 사랑이 뭉쳐져 따로 떼어낼 수 없는, 생의 반려자라는 말로는 부족한 지혜로운 동지. 앞서가는 남편 곁에 있던 분. 자손을 많이 퍼뜨리고 장수하신 이어령 선생님의 가계(家系)를 자랑스럽게 말씀하신다.

강인숙 관장님은 존경하는 스승이고 선배이시다. 두 번에 걸쳐 어머니의 큰 전시를 열게 만드셨다. 나를 의심 없이 아껴주신다. 나의 의견을 존중해 주신다. 이어령 선생님도 그러셨지. 나를 앞에 두고 식사도 하지 않으시면서 좋은 말씀을 해주려 애쓰시던 저녁, 평창동에서의 그날을 잊지 못한다. 모두 그 모습을 물끄러미 쳐다보았지.

《문학사상》에 연재되었던 어머니의《도시의 흉년》등의 원고를 소장하고 있는 문학관. 그걸 볼 때마다 지금도 서슬이 퍼렇게 빛나는 글씨.

문학과 예술에 대한 사랑과 존중감을 실천하셨던 분. 항상 미래를 향해 달려가셨던 분.

네 자매는 다시 언덕을 넘어 내려와 동생의 연구실 건물로 갔다. 밖에서 커피를 마시려다가 동생의 연구실로 가기로 했다. 내년이면 정년을 맞이하는 동생. 평생 학문과 연구로 바친 과학자 동생을 꼭 껴안아주고 싶다. 동생의 연구실은 낙산이 보이는 볕 바른 방이다.

차와 쿠키를 먹으며 음악을 들으며 낙산을 하염없이 보았다. 그 낙산의 자락에서 태어났던 네 자매가 모두 환갑이 넘었는데, 연구실 벽에 동생의 취향으로 걸려있는 그림을 하염없이 바라봤다.

우크라이나를 위한 기도

이불 속에서 뒹굴뒹굴하고 금세 일어나지 않으면 부질없
는 근심을 하게 된다. 하지 않아도 될 걱정, 아직 오지 않
은 일들을 조바심 내며 근심하게 된다. 때로는 내 일도 아
닌 것을, 내 소관도 아닌 것을 걱정한다. 그럴 때는 벌떡
일어나는 게 좋다. 우리 집 바로 뒤쪽이 문화관인데 거기
가 투표장이어서 일찍부터 불이 켜져있다. 투표장이 코 앞
이지만 미리 사전투표를 했기에 드나드는 사람들을 구경
만 하면 된다. 부끄러운 일이 일어나지 말아야 할 텐데.

어제는 마르가리타한테 메일을 받았다. 며칠 전 국제
우편으로 책과 《생활성서》를 보냈는데 그걸 받고 기쁨의
편지를 보낸 것이다.

"난 내일부터 리옹에 있는 프라도 수녀회 총회에 가서 통역을 하기 위해 잠시 후에 떠나. 3주가 걸리는 총회라서 이달 내내 거기 있어야 한단다. 사나흘 통역을 했을 때도 죽도록 피곤했는데, 이번엔 3주나 되니! 잘되도록 기도해 주렴. 내일 대선을 위한 기도가 더 급하고 우크라이나의 평화를 위한 기도가 더 중하지만,"

기도는 참으로 고마운 것, 아무리 많이 해도 또 샘솟듯 기도하는 마음이 생긴다. 고마운 것은 마음이 자연스럽게 우러난다는 것이다. 오히려 누구를 위해서도 기도하지 않으면 샘물이 말라붙듯이 마음도 말라붙는다. 나에게 가장 좋은 기도는 매일미사의 성경 말씀이다. 그걸 종일토록 마음에 새기며 기도하면 든든하다.

마르가리타야, 너의 발걸음 튼튼하기를, 너의 통역 일을 주님이 도와주시기를 기도할게.

아들이 우크라이나의 국기를 맨해튼의 빌딩 조명으로 했다며 보내준다. 그리고 꽃이 피었다고 사진을 보내준다. 크로커스다. 내가 보고 싶었을까? 혹은 내가 아이들을 보고 싶어 하는 마음을 헤아렸을까?

우크라이나의 전쟁터에서 군복에 하얀 면사포를 쓰고 결혼식을 올리는 영상이 아름다웠다. 그 신랑 신부의 키스가 세상을 구원할 것 같았다.

도나 리드 같았던 아줌마

폭우가 온다는 예보가 있지만 오전에는 아직이었다. 나는 아줌마의 장례식장으로 간다. 예쁘고 목소리가 서글서글 굵었던 아줌마는 젊을 적 허리가 잘록한 원피스를 입으면 미국 드라마에 나오는 도나 리드 같았다.

아줌마는 어머니와는 사이좋은 시누올케 사이로, 언니라고 부르는 목소리엔 신뢰와 존경이 묻어있었다. 사촌인 아버지를 큰오빠라고 불렀다. 큰오빠는 어려울 때 말없이 도와주는 사람이었다고, 너희 아버지 같은 사람은 없을 거라고 늘 좋게 이야기하셨다. 너희 어머니는 무엇이든 지혜롭게 해결해 주는 사람이라고도.

내가 어릴 적 예쁘다고 파티에도 데리고 갔었다. 예쁜 조카딸을 마스코트처럼 데리고 다니며 자랑하려고.

아치울 우리 집에 오셨을 때 집을 둘러보며 100명은 잘 수 있겠다고 하신 아줌마. 어려운 곡절도 많았지만 명랑했다. 작은 집 다락방에서도 잠을 잤으니까. 부자는 아니어도 늘 웃고 사람을 반기고 늘 먹을 것을 챙기던 사람들의 세대가 끝난 것이다.

나는 장례식장 주차장에 들어가지 못하고 한 대씩 들어가는 것을 보며 옛 기억을 떠올린다. 저절로 미소가 지어진다. 할머니가 친정 조카들에게 그저 거둬 먹이려고 했던 그 마음이 그립기만 하다.

이제 아줌마는 가셨지만 그 자식들과 조카들이 나를 반긴다. 나와 동생들이 문상을 하고 나니 상주들이 밥 먹으라고 하고 음료수 먹으라고 하고 떡과 전을 더 내온다. 어쩜 옛날 분위기가 떠오른다. 6촌 동생들이 반긴다. 성당에서 성가대를 했던 아줌마의 지인분들이 와서 연도를 해준다.

오후에는 장맛비가 오기 시작한다.

나는 안경을 벗고 비 오는 숲을 바라보며 스르르 낮잠을 청한다.

그냥 그리운 듯이

가을비에 국화가 쓰러진다. 지지대에 묶어도 키가 큰 구절
초 종류는 쓰러져 꽃잎이 흙물에 젖다가 시들어간다. 그래
도 여기저기 싹이 새로 올라온다. 종류로 따지면 열 종류가
넘을 것 같다. 노랑 주황 자주 연보라 분홍색 꽃들과 겹꽃 홑
꽃 등. 한꺼번에 피지 않고 제 리듬에 맞추어 핀다. 아직도
피지 않은 봉우리들은 느리게 느리게 눈발이 날릴 때까지
생을 이어가리라. 식물은 죽지 않으니까 어쩌면 영원히.

　마당의 꽃들은 꽃집의 꽃과 다른 점이 지는 모습을 같
이 보여준다는 것. 지는 모습은 추할 때도 있고 처연할 때
도 있고 아름다울 때도 있지만 그냥 가버리지 않고 꼭 씨
앗과 열매를 남긴다는 것.

아직 어둠이 내리는 새벽
그냥 그리운 듯이 글을 쓴다.

어제는 아들네와 점심을 같이 하며 이야기를 나누었지. 아들과 〈오징어 게임〉에 대해 이야기를 하게 되었어. 밤을 새워 한꺼번에 보았다는 아들. 어릴 적 정말 재미있었다는 놀이, 옷이 찢어질 정도의 격렬한 몸싸움을 했다는 놀이. 시간 가는 줄 몰랐다고 해.

나는 아들 둘을 기르면서도 그 애들이 뭘 하고 놀았는지 보지 못했다는데 깜짝 놀랐어. 학교에서 끝나고 집에 오는데 적어도 1시간 이상 걸렸다는 거 말고는. 집에서 학교가 5분 거리 코 앞이었는데. 밥을 해주고 공부를 시켜야 된다는 생각밖에 못 했지. 동네에서 싸움을 잘하는 아이였다는 것도 한참 후에 알았지. 사고를 칠까 봐 전전긍긍했던 시절도 있었어. 아슬아슬 지내오기도 했는데 그런 아이가 지금은 제 자식 낳아 기른다는 게 참 감사하지. 엄마가 냉장고 정리를 제대로 안 한다고 쯧쯧 잔소리하는 아들이 되었으니.

피 튀기는 장면들이 섬뜩했지만 유년의 놀이 추억을 불러온 드라마가 참 대단하구나. 아들 세대와 공통화제를 떠올리게 해주었으니.

홍대 앞 서점에서 산《말년의 양식에 관하여》를 읽고 있는데 너에게 전화가 왔어. 좀처럼 먼저 전화하지 않는 네가 연락하니 반가웠고. 네게 보던 책에 대해 이야기할 수 있어 좋았어. 지적인 문장, 예술적인 담론에 푹 빠져있었거든. 그런 일이 드물어. 글의 매력과 지적인 내용을 겸비하기 어렵지. 그게 내 머리에 들어오기는 참 드문 일이지.

게다가 나는 제목의 '양식'을 일용할 '양식'으로 오독했는데, 원제목이《The On Late Style》이더구나. 부제가 "결을 거슬러 올라가는 문학과 예술". 내가 매혹당할 만하지. 에드워드 사이드의 다른 책도 보고 싶었어. 그러면서도 자꾸 양식(樣式)이 양식(糧食)으로 떠오르는 거야.

너와 대화를 하면 늘 신이 났어. 너의 넓은 생각. 의견이 달라도 마음이 상하지 않았지.

그날 너는 나에게 어릴 적 내가 다른 아이들과 달랐다는 말을 해주었어. 어땠는지 물었더니 초연했었다는 거야. 처음엔 그 말을 잘못 알아듣고 내가 처연했었나, 했더니 아니래. 내가 아이답지 못했었나 봐. 아이들과 그 또래 놀이를 하지 못하고 더 높은 것을 꿈꾸었나.

너와는 국민학교 3학년 때부터 알았고 그 후로 중고등학교와 대학을 같이 다녔으니 심지어 나조차도 너만큼 나를 잘 알지 못할 거야. 그렇다고 해서 다 알 수 있으랴마는 너는 달랐어. 나는 너를 존경했지만 시샘한 적이 없었던 것 같아.

너 내가 알던 친구 중에 가장 머리가 좋다고 생각했어. 그건 아이큐와는 다른 개념이야. 항상 나보다 앞서가고 나보다 넓고 깊게 생각했지. 나보다 더 많은 책을 읽었을 뿐만 아니라 전체를 보는 눈이 있었어.

나는 어머니를 모시고 사는 너에게 늘 안부하곤 하지. 어머니는 좀 어떠셔?

그런 증상

수선화와 이르게 핀 튤립 그리고 매화나무에 꽃이 피고 앵두꽃도 피었다. 바위틈에 버린 앵두 씨에서 싹이 트고 나무가 되고 봄이 되어 꽃이 피고 열매를 맺고 아가들이 따먹을 수 있다는 게 놀랍다. 씨가 나무가 되는 세월을 눈으로 보았기에.

어제는 장기하라는 싱어송라이터를 검색하면서 하도 웃음이 나서 혼자 히히덕거렸다. 나는 처음 보고 듣는데 참 대중문화에 대해서는 깜깜하여 모르는 게 대부분이다. 82년생 S대 출신의 장기하. 그의 노래를 들어보니 기가 찬다. 반복되는 넋두리가 마치 내 입에서 나오는 것 같다. 〈싸구려 커피〉라는 노래는 이미 좀 지난 것이고 신곡이 기가 막힌다. 아무튼 웃었으니. 그리고 뒷맛도 쓰지 않다. 팬이 될 것 같다.

　나는 갑자기 남자라는 게 부러워진다. 대충 수염을 기르고 옷에도 그리 신경을 쓰지 않은 듯지만 멋지다. 여자로는 그렇게 하기 어려울 것 같다. <부럽지가 않아>라는 곡이 좋던데. 남자를 부러워하다니. 남자니까 여자를 부러워할 일은 없나 보다. 나에게는 남자를 부러워하는 증상이 가끔 있다. 나는 그걸 관찰하고 있다. 혼자 연구소를 하고 있으니.

　나의 지인 N이 한 달 넘게 전화도 안 받고 카톡도 안 받아 걱정이 되었다. 삐칠 일이 있었나 하며 아무리 생각해도 그럴 일이 없었다. 그렇지만 사람 일이 알 수 없지 여기고 있었는데, 드디어 내가 보낸 꽃 사진에 답이 왔다. 공황장애가 와서 입을 다물었다고 한다.

　몇 년 전 N은 나에게 코르덴으로 된 펑퍼짐한 치마바지를 사다 준 적이 있다. 나는 그걸 하도 많이 입어 지퍼도 고장나고 마당에서 일하다가 걸려 뚫어지기도 한 것을 수실로 수선하여 계속 입었었다. 편한 옷이 있지 않은가. 그 옷을 입을 때마다 N 생각이 났었는데.

　꽃을 들고 아치울에 왔던 여인. 어머니가 안 계시면 우체통에 꽃을 넣고 갔지. 우리 집 우체통이 크다고 좋아했지.

우짜노? 마음의 병이 온 것이다. 늙음에 팬데믹에 지병이 겹쳐 방 안에서 나오지 못하고 입을 닫아버렸다니. 같이 통화를 하면서 내가 먼저 눈물이 났다.

새들의 양식

비가 오는 뜰을 망연히 쳐다본다. 추석이 다가오는 날의 가을비다. 연회색 깃털을 한 새들의 개체수가 갑자기 늘어나더니 떼를 지어 살구나무 가지 사이에 자리 잡는다. 그들은 가볍게 노는 것 같지만 일을 하고 있다. 산딸나무는 봄에 성스럽게 하얀 십자가 모양의 네 잎의 꽃을 피우더니 여름 지나자 붉은 열매를 맺었다. 꽃이 폈던 자리에 열린 작은 도깨비 방망이 같은 열매 속에는 부드럽고 노란 과육이 들어있다. 그건 새들의 양식이다. 새들은 그걸 따먹기 위해 몰려와서 산딸나무 열매를 입에 물고 살구나무 가지에 가서 즐겁고 편안하게 식사를 한다. 산딸나무 가지는 위로 뻗어 가파르기 때문에 앉을 자리가 마땅치 않았다. 새들은 그리 한가한 것만은 아니다.

서로 자리다툼을 하며 싸우기도 하고 어린 새는 어미새가 물어다 주는 먹이를 받아먹으며 몸집을 키운다. 그들은 붉은 열매를 하나도 남기지 않고 다 따먹었다. 며칠 사이의 일이다. 겨울이 되면 나뭇잎이 물들어 떨어져도 붉은 열매가 달려있는 게 보기 좋았었는데 새들에게 인간의 눈요기 같은 건 안중에 없다.

그건 산수유도 마찬가지다. 아직은 붉게 익지 않았지만 지난해에 직박구리들이 몰려와 경쟁적으로 다 먹어버리는 것을 목격하고는 새들도 두려워지기 시작했다. 그러나 새들은 새들의 세계에서 일을 하고 놀 뿐이다. 식물도 마찬가지다. 식물은 결코 수동적이지 않으며 투쟁적이고 자기의 생명을 위해서 최선을 다한다. 눈 밝은 정원사가 뽑아버리는 순간까지도 좁쌀 같은 꽃을 피우고 씨를 맺는다. 그것들은 쓰레기봉투에 들어가더라도 언제 어디서 씨앗을 퍼뜨릴지는 아무도 모른다.

얼마 전은 동생의 30주기 기일이었다. 여느 해처럼 우리 자매들은 산소에 가서 향을 피우고 술을 뿌리고 저녁에는 미사를 드렸다. 문득 30년 전 동생이 떠났을 때 내 나이가 30대 초반이었던 걸 생각하고 놀랐다. 30대 초반에 너무나 가까운 사람의 죽음을 체험한 것이다. 그때 어두운 숲속에 귀신 소리 같은 바람 소리가 두렵지 않았고 숲길이 무섭지 않았다. 동생도 죽음의 강을 건너갔는데 차라리 귀신이라도 있기를 바랐다.

30년 후 나는 가장 윗사람이 되어있다. 겉으로는 어른같이 행동하지만 내 속의 어린애가 칭얼대기도 하고 징징대며 울기도 하고 불평을 하기도 하고 욕을 하기도 한다. 그리고 슬픔병이 스치면 온몸에 힘이 빠지기도 한다. 그런 것을 늙음의 증상으로 생각하기도 한다.

언제까지 살 수 있을까? 저 마당을 언제까지 바라볼 수 있을까?

프랑스에서 온 수녀님 친구를 인사동에서 만났다.

"두 달 동안 세션에 참석하고 나서 나를 드디어 사랑하게 되었어. 나를 사랑할 줄 알게 되었어."

그 말이 내 가슴 속에 와 박혔다. 마치 사랑을 처음 시작한 사람의 말처럼 신선하게 들렸다. 나도 정신의 기운을 차리며 나를 진심으로 사랑하자, 있는 그대로의 나를 그대로 들여다보자, 하며 친구의 손을 잡는다.

나를 마음대로 재단하고 조바심을 치고 안달복달하지 말고 나 자신을 그대로 바라보자.

추석을 무사히 보낸 것이 감사하다. 가족이 모두 모이고 음식을 같이 준비하고 차례를 지내고 음식을 먹고 논매기를 했다. 건재를 확인한다는 것, 모자란 것을 채워주고 넘치는 곳에서 베푸는 풍성함에 감사했다.

손녀딸이 마당 한편에 숨어서 주황빛으로 붉어가는 꽈리를 따가지고 왔다. 인내심을 가지고 조심스레 씨와 건더기를 밀어내야지만 꽈리를 불 수 있게 된다는 걸 이제 안 것이다. 수많은 장난감이 있음에도 자연이 준 장난감을 가지고 골똘히 할머니와 노는 시간. 주님이 오롯이 준 순수하고 행복한 시간에 감사하며 아가들의 웃음소리를 귀에 담아두려고 마음을 기울였다.

3장

우주의 리듬

오징어 게임 단상

"낙타가 바늘귀로 빠져나가는 것이 더 쉽다."

부자가 하느님 나라에 들어가는 게 그렇게 어렵다고
한다. 불가능이란 말과 다를 바 없다. 돈이라는 우상은 하
느님 나라에 들어가는 걸 원하지 않는 게 아닌가. 주님이
가장 싫어하는 것이 주님 아닌 우상이 아닌가?

〈오징어 게임〉을 다 보았다. 돈에서 시작해서 돈으로
끝나는 영화. 아무리 영화라지만 마음이 무겁다. 돈에 영
혼을 파는 것, 영혼뿐만 아니라 몸뚱어리까지도. 내가 너
무 심각하게 받아들이는 건지 모르겠다. 게임일 뿐인데.
부자가 재미를 위해 벌인 게임과 그 게임에서 살아남은 사
람. 아무리 가볍게 보려고 해도 가볍게 볼 수가 없다.

그런데 끝까지 볼 수 있었던 건 아수라장 지옥도 속에서도 의외로 교훈적인 메시지가 숨어있는 것이다. 인간에 대한 신뢰를 끝까지 저버리지 않는 자만이 살아남았다. 돈에 영혼을 팔지 않은 사람이 한 사람 있는 것이다. 돈이 지배하는 세상에 대한 경고라고 할까? 돈과 힘의 권력구조, 그런 것은 세계적으로 공통적인 문제이다. 어떻게 살아남을 것인가? 그런 생각을 하게 되었다.

피라미드의 하위구조는 넓고 깊다. 피라미드의 정점은 소수이면서 절대권력을 갖고 있다. 그 아래에서는 위에서 일어나는 음모와 조종을 알 수가 없다. 또 알았다 할지라도 어찌할 도리가 없다.

처음엔 보기가 불편했지만, 우리나라 사람들의 아이디어가 대단하다고 느꼈다. 어릴 때의 놀이를 끌어오는 상상력과 영감이 놀라웠다. 카인과 아벨까지. 다 보고 나니까 구조가 있었다. 돈과 권력 관계와 유흥의 문제. 잘 짜여진 구조물 속에 재미와 감동이 숨어있었다.

이런 소재는 세계인들이 공감하는 부분이다. 돈과 권력 관계, 섹스, 가족애. 이런 거는 대부분이 어쩌면 피라미드 구조의 하위계층이라고 보면 되니까 공감할 수 있다. <오징어 게임>은 영화로서 살아남은 영화라고나 할까.

최근 외국에서 나온 영화가 재미없어지기 시작했다. 좋아했던 일본 영화는 뭔가 맛이 빠진 미소된장국 같고, 유럽 영화는 미국을 비판하고 꼬장 부리며 변화를 싫어하는 옛 귀족 같고, 미국 영화는 오직 미국을 위해 봉사하는 것 같고, 제3세계 영화는 우리의 과거 모습이라 신선하지 않고.

나의 무지막지한 소견이다. 한때는 영화광이었던. 그러나 지금의 시대를 쫓아가지 못한 나의 소견이기도 하다. 〈오징어 게임〉을 다 보고 나니 시대의 흐름을 탄 느낌이다. 그러나 그다음은 무엇이 나와야 할까? 어떤 것이 나올까? 어떤 리듬을 타게 될까? 벌써 그런 생각을 하게 된다. 넷플릭스라는 거대한 자본주의에서 어찌 살아남을 것인가? 창의성이 저절로 솟아나는 것이 아님을 알기에.

비가 젖어도 썩지 않은 꽈리의 열매가 생생하다. 어릴 적 놀이였던 꽈리.

누리호 발사

어스름한 새벽이다. 서쪽 하늘에는 달이 떠있다. 추석 지나 한 달이 지났는데 달의 표정이 기우는 느낌이다. 차갑고 쓸쓸히 서산으로 저물어간다. 아침 신문 1면에 나온 우주로 간 누리호. 미완의 첫발을 본다.

어제 실시간으로 보고 있었는데 16분이 지나 상공 700킬로미터까지 도달했다고 그걸 설명하는 과학자가 눈물이 나서 말을 잇지 못했다. 그런데 얼마 후 마지막 3단이 빨리 연소되는 바람에 미완으로 끝났다는 보도가 나왔다. 성공한 줄 알고 감격으로 울었던 과학자가 머리에 그려진다. 고흥이라는 곳에서 연구하고 실험하고 만들고 쏘아올리는 과정들. 그곳의 과학자들과 그 가족이 마음으로 그려진다.

    세상은 그들 같은 사람들의 노력으로 조금씩 조금씩 위로 올라가고 있는데 거기에는 한 치의 거짓, 오차가 있을 수 없다. 또 한 번 울었을 과학자들. 그러나 세계적으로도 성공률이 삼십 프로라니까 다음을 기약해야지. 그러나 어제와 오늘 아침엔 얼마나 허탈했을까?

    새벽에 그런 생각을 한다. 좋은 뜻으로 노력하는 사람들을 위해 기도해야지 하는 생각.

    날이 다 밝았다.
    조팝나무의 나뭇잎 끝이 섬세하게 물들어간다.

장예전

숲을 바라보니 차분하면서도 에너지가 넘쳐 보인다. 굵은 붓 같은 독일 붓꽃이 뭉툭하면서도 넉넉한 자태로 피어 올라온다. 마치 하늘을 향해 경배하는 자세와 같다. 자주달개비도 한 송이 피어 존재감을 드러낸다.

그러나 튤립은 지고 모란도 지고 그 영광과 찬란함은 자취가 없다. 꽃받침에 씨가 익어가겠지. 장미의 계절이 개봉 박두. 봉우리 봉우리 맺혀있지만 꽃의 개화는 아직이다. 수국은 꽃이 피려나? 꽃망울이 아직이다. 늦게 피는 왜철쭉이 이 봄날의 외로움을 달래주려나?

어제는 평창동 영인문학관에 갔다. 이어령 선생님을 추모하는 장예전을 보러 갔다. 그리고 강인숙 관장님과 점심을 하기로 했다. 오랜만에 시내 외출이라 좋으면서도 낯설었다. 한적했던 평창동에 새로 큰 건물이 들어서 어쩐지 답답함이 느껴졌다. 기억 속의 풍경과 같이 그대로 있으란 법이 있나? 20년 선배와의 점심. 부축을 해드리지 않아도 띄엄띄엄 잘 걸으시는 게 감사했다. 까마득히 어린 후배는 선배의 독백 같은 말씀을 들었다. 지아비를 떠나보내고 혼자 자는데 무섭더라는 고백. 그런데 금세 내가 두려울 게 뭐 있나, 하시며 마음을 고쳐먹으셨다고.

디자인하우스 팀이 기획한 전시였다. 평소 영인문학관 전시와는 좀 다른 느낌이었다. 영정 사진 앞에서 절을 드렸다. 개인적으로 많은 만남을 한 것은 아니지만 두 번의 어머니 추모 전시를 하며 만나 뵈었고 좋은 말씀을 저에게 들려주셨지. 그 은혜를 잊지 않는다.

북악터널을 건너고 북부간선도로를 거쳐 집에 온다. 연휴 주말의 트래픽을 뚫고 집에 오니 안도의 숨을 쉰다. 얼마 만의 외출이었나?

아이들이 먼 데서 사진을 보내온다. 왕벚나무 사이에 앉아 책을 보는 사진, 왕벚나무의 빛깔이 예쁘기만 하다.

창문을 통해 어렴풋이

일찍 잠자리에 들었더니 확실히 일찍 잠에서 깼다. 푹 잤는데도. 책을 보다가 잠에 드는 것, 유튜브나 영화를 보다가 잠에 드는 것 중에 역시 책이 낫다는 걸 스스로 증명하게 된다. 저녁에 피로감을 느끼면 책을 들고 잠자리에 눕자마자 얼마 안 있어 금세 잠에 든다.

어제는 유종호 선생의 《사라지는 말들-말과 사회사》를 읽었다. 매달 《현대문학》에 연재했던 글인데 그 순한 문체와 점잖은 목소리가 편안했다. 이한직의 시를 인용하여 '남루'라는 단어를 불러일으키고 회상한 선생의 글이 참 좋았다.

어제는 혼자 남산 자락에 있는 피크닉이란 갤러리에

가게 되었다. 사울레이터라는 사진작가의 사진전이 열린다고 초대를 받았는데 그것보다는 그전에 했던 전시 〈정원 만들기〉에 출품한 보문동 마당을 찍은 사진 액자와 어머니가 쓰시던 호미 등 전시물을 찾으러 가는 것이다. 집으로 가지고 온다는 걸 내가 날짜를 못 잡은 것도 있고 전시물을 돌려받기로 한 것이 연말 전에 처리하고자 한 목록이기도 했다. 일거양득이라 할까?

젊은이들의 핫 플레이스라고, 비싼 입장료를 받고 들어가는 전시라고 한다. 참 갸우뚱하게 되었다. 나는 망설이다가 바람이나 쐬자며 나섰다.

약간의 끌림도 있었다. 그 특이한 갤러리의 숍에서 전에 양말을 산 적이 있었는데 색감과 질이 좋았어서 또 사고 싶었던 것이다. 그깟 양말에 대한 집착. 꽤 비쌌지만. 약간의 사치라고 할까?

남산길을 돌아 좁은 골목길 사이에 있는 건물에 주차를 하고 들어간다. 우선 사진전을 본다. 4층까지 어두운 요술 집 미로 같은 전시장. 사울레이터가 뭐 그리 대단하길래? 대단할 수도 있다. 컬러 작품사진의 시작? 전시 제목은 〈창문을 통해 어렴풋이 Through the Blurry Window〉였다.

박수근, 덕수궁의 나목

덕수궁 현대미술관에서 열리는 박수근전이 오픈한 지는 꽤 되었는데 차일피일 미루다 가보지 못했다. 담당 학예사가 초대장과 도록을 보내왔고 전시관에서도 연락이 왔는데 나는 막상 발길이 떨어지지 않았다. 자매들도 벌써 갔다 와서 사진을 보내오고 조선일보 주말판 김인혜 학예관의 글에도 어머니 이야기가 나왔었다. 전시 제목도 〈박수근: 봄을 기다리는 나목〉. 줄을 서서 본다고 한다. 예약을 해도.

어제 나는 홀연히 가야겠다고 생각하고 집을 나섰다. 늘 고민하게 되는 가는 방법. 일단 강변역 쪽으로 가다가 결정하자. 교통량을 보면서 지하철을 탈 것인가, 시내까지 차로 갈 것인가? 나는 덕수궁 근처의 주차장도 검색해 놓는다. 왜 이리 차에 집착하는지. 오는 길에 어딘가에 들러

쇼핑도 하고 싶은 곁두리 마음도 있어서다. 결국 강변역 테크노마트에 들어가 주차를 하고 2호선을 타기로 한다.

지하철을 탄 지 정말 오래되었다. 다른 나라에 온 듯 2호선 지하철이 왜 이리 훤하고 또 짙은 녹색의 컬러는 얼마나 멋진가? 비어있는 노인석에 앉아 어제 보기 시작했던 영화를 본다. 세상에 이리 좋을 수가. 영화보다 더 재미있는 건 지하철에 탄 사람들을 구경하는 것. 어쩜 이렇게 세련되었지. 젊은이들은 패딩도 지겨운지 모직 코트를 입었는데 잘 어울린다. 모두 남의 시선을 의식하지 않는 당당한 패션과 몸매, 얼굴빛이다.

시청역에서 내려 덕수궁에서 무료 티켓을 끊고 석조전으로. 정말 줄이 늘어서 있다. 젊은이들이 많아 기분이 좋아진다. 어머니의 데뷔작 《나목(裸木)》, 그 작품의 모델이었던 박수근. 소설이었지만 허구가 아니었던 소설.

내가 서둘러 오기 싫었던 것은 모든 기억의 실타래가 다시 환기되는 게 부담스러웠기 때문이다. 누가 그 감정을 알 수 있을까? 어머니가 그 소설을 썼던 전후 과정이 떠오르며 감흥을 다시 일으키기 싫었기 때문. 나는 전시를 본다. 이건희 컬렉션이 눈에 띈다. 연필로 그린 데생까지 수집한 안목은 재력으로만 되는 게 아니다. 그리고 곱게 수

집하고 간직했다가 다 내놓은 것. 모두의 문화유산이 되게 한 것. 감사하고 감동적이다.

박수근이 보았던 미술 잡지, 삽화를 그렸던 간행물들을 모아 전시한 것이 좋았다. 화가로서의 노력과 생활인으로서의 모습을 볼 수 있는 흔적이었다. 여태껏 보지 못했던 그림을 볼 수 있는 귀한 전시였다.

열화당에서 나온 《나목》과 내가 엮은 《나목을 말하다》를 비치해 놓아 관람객이 툇마루에 앉아 보게 한 것이 자연스러웠다. 뒷배경은 박수근의 창신동 집 마루를 확대한 사진이었다. 그 당시 《여성동아》와 그 부록이었던 어머니의 데뷔작 《나목》, 어머니의 젊을 적 사진이 액자에 넣어 전시되었다. 울지 말아야지 했는데도 눈물이 어린다. 진실만이 감동을 자아낸다.

젊은이들이 박수근의 그림을 본다. 무슨 생각을 할까? 어떤 감흥을 받을까? 그 아래 인용된 어머니의 글을 읽는다.

밖에 나오니 자꾸 안경에 김이 서린다. 마스크와 찬 공기와 안경. 앞이 흐려져 자꾸 안경을 닦고 있다. 자꾸 안경 탓을 하고 있다.

어젯밤 살포시 내린 눈이 녹지 않고 마당에 희끗희끗 보이는 것이 상큼하다. 마치 붓질과 같다. 마당에 일할 것은 없지만 하루에 한 번은 나가서 밟는다. 두어 달 후에는 다투어 나올 식물들. 그 애들을 맞으려면 에너지를 비축해 놓아야 한다. 그러려면 더 침잠하면서 조용히 자신을 다져야 한다. 왠지 그런 생각이 든다.

부엌 동편 창가에 히아신스 화분을 놓았더니 그래도 인사할 아이가 생긴 기분이다. 해가 먼저 드는 창가. 가장 많은 시간 부엌에서 지내다 보면 그 공간을 사랑해야 하는데 가끔 골치 아픈 장소가 된다. 그래도 어지간히 즐기며 사는데도 가끔 한숨이 나온다. 쓰레기 정리까지 가뜬히 해내면 좋지만 버거운 숨이 흐른다.

한 끼를 마치면 감사합니다. 또 한 끼를 시작하면 누구에게인지 잘해보겠습니다.

미나리 뿌리를 잘라 다시 키우고 있다. 푸른빛의 그릇이 예뻐서 동편 창가에 늘 미나리를 담는다.

덕수궁 현대미술관에서 박수근전을 보고 온 여운이 꽤 갔다. 좋은 전시였기 때문이었으리라. 도록을 다시 꼼꼼히 보고. 거기 실린 김영나 교수, 방민호 교수의 글을 다 보았다. 학예사의 꼼꼼한 영상도 보았다. 복습을 충실히 한 느낌이다.

　　새롭게 들은 이야기 중 하나. PX에서 그림을 그려 번 돈으로 창신동 집을 살 수 있었고 그 집에서 10여 년 가족과 살면서 그림을 팔았으며 그림은 거의 집 마루에서 그렸다. 아내는 여인 그림의 모델이었고, 박수근이 죽은 후 박수근에 관한 글을 썼다. 박수근처럼 이렇게 착한 예술가가 있었을까? 정직하고 성실한. 스스로 배웠고 누구의 영향을 받지도 않았다. 밀레를 동경했지만 본 것은 일본 잡지나 책에서 본 그림이 전부였다. 요즘같이 화질이 좋지도 않았을 것이다.

　　자꾸 생각이 나는구나. 어떤 사람은 이번 전시는 박수근과 박완서와 이건희, 세 사람의 위대함이 이룬 전시라고 했다. 그 말이 맴돈다. 가장 주옥같은 그림은 리움 소장이었다.

그윽하게 부르는 소리 있어

해운대 근처에 오랫동안 살던 아파트에는 뒷산이 있어. 뒷산이라고 하기엔 아주 큰 산이고 백두대간의 남쪽 끄트머리의 장산으로 아침 산책을 하곤 했지. 아이들을 학교에 보내놓고 잠깐 올라갔다 오는 시간이 나에게는 참 좋은 시간이었어. 이제는 아이들이 다 곁을 떠나 제 가정을 이루고 살지만 그 산길을 오르면 마치 아이들을 학교에 보내놓고 숨을 고르는 느낌이 들어. 서울 쪽에는 눈이 오고 기온이 떨어진다는데 여기는 햇볕이 뜨겁고 부드러운 바람이 불어 눈 소식이 믿어지지 않네.

숲길은 여전했어. 너는 얼마 전 사진을 보내주었지. 수녀원 산책길에 〈큰 나무 사이로 걸어가니 내 키가 커졌다〉는 제목의 글을 쓴 내가 생각난다고 했어. 그 사진을 들여다보니 푸른 나무 사이로 난 길을 너와 함께 걷고 있는 것 같았지. 너는 네가 사는 프랑스의 수녀원에 다녀가라고 했어. 그래 그래 가고 싶다 하면서 언젠가는 갈 수 있겠지 하면서. 팬데믹이 오고 말았고, 이런 시절이 이렇게 길어질 줄 알았을까?

너는 간간이 메일을 보내왔어. 코로나 확진자가 되어 수녀원에서 나가지 못하고 격리 생활을 했다는 것도 한참 후에 알려주었지. 그때는 팬데믹의 초기였었지. 다 나은 후에 담담하게 알려주었지만 이렇게 길게 이런 시기가 지속될 줄 알았을까?

네가 보내온 사진이 한겨울인데도 나무들이 하도 푸르길래 위치를 물어보았지. 파리의 서쪽으로 450킬로미터가 되는 항구가 있는데 영불해협 쪽이라고 했어. 항구가 가까워 여름엔 시원하고 겨울엔 따뜻하다고 했어. 내 머릿속으로는 파리에서 서쪽으로 바닷가라면 대서양일 것 같은데 세계지도를 꺼내보니 그게 틀리더구나. 나는 지도를 보며 얼마나 잘못된 정보와 지식을 맞다고 우기며 살고 있을지 무섭다는 생각을 했어.

장산의 숲에는 고사리가 푸르구나. 인간이 태어나

기 전부터 있었던 식물이라고 하지. 수억 년을 살아남은 고사리를 부르면서 산길을 올라간다. 언덕을 어느 정도 올라가면 바다가 보여. 그리고 대마도도 길게 누워있지. 거짓말 같아. 예전에는 집에서도 대마도가 보였어.

마치 바다를 막는 요새처럼 고층아파트의 숲을 지나야 유리처럼 빛나는 바다를 볼 수 있어. 오래된 바다가 마치 먼 조상과 같은 얼굴을 하고 있지. 바다가 빛으로만 남은 것 같았어.

그 바다를 볼 수 있는 소나무 밑에서 쉬었지. 내려오는 길에 동백꽃이 핀 걸 보았어. 그리고 양지바른 곳에는 매화가 피어있었어. 봄의 기운이 확 느껴졌어. 매화는 그리 화려하지 않고 눈에 뜨이지 않지. 그래도 그 그윽한 향긋함이 발길을 머물게 해.

다시 아치울에 돌아왔어. 쉬려고 내려갔지만 얼마 안 있어 그리워지는 거야. 아차산에는 눈이 희끗희끗하고 길에도 잔설이 있지만 해가 길어지고 두터워졌어. 부엌 동편 창가에서 꽃을 피웠던 히아신스가 이제 시들어가네. 말라가는데도 꽃잎이 선명하고 어쩌나 예쁜지 한참을 들여다보았어. 마당에도 곧 복수초가 올라오고 히아신스 수선화가 필 거지만 사람들은 미리 화분을 사는 거야. 지긋이 기다리지 못하고 온실에서 키운 꽃들을 미리 사다가 맛보지.

　너는 지난번 메일에서 25인분의 식사를 준비한다고 했어. 매일은 아니라지만 노동일 거야. 나는 매일 세끼 밥상을 차리면서 문득 멀미가 날 것 같았어. 그렇다고 외식을 하고 싶은 것도 아닌데 냉장고를 열었다 닫았다 하는 일상의 반복에 지루함이 느껴졌어. 사람들을 만나 떠들고 아무 말이나 하고 실수도 하고 때로는 불필요한 만남이기도 했던 생활이 그리워지는 거야. 이 팬데믹이 언제 끝날까? 마스크 때문에 안경에 김이 서리고 안개 속을 걸어가듯 앞이 안 보이고 숨이 가빠지는 상태. 셀 수도 없는 여러 가지 정보가 돌아다녀 무엇이 옳은지 누구의 말이 맞는지 판단할 수 없는 혼란한 세상이야. 왜 죽었는지 모르는 죽음, 코로나 때문인지 코로나 사태 속에 제대로 치료를 받지 못해 죽었는지 모르는 죽음들을 보았어. 가족들이 고인을 제대로 애도하지 못하는 상황들, 나는 가까이에서도 보았어.

　주님은 정말 있는 걸까? 나는 혼자 묻고 혼자 대답을 해. 마치 모든 것이 주님 탓인 것처럼 주님이 과연 있냐고 투정하며 중얼거려.

어머니를 그리워하는 사람들이 많아 이번에 시 그림
책이 나왔어. 나는 어릴 적 어머니의 모습이 떠올랐어.
봄비가 소리 없이 오는 저녁, 다섯 아이와 식구들의 끼
니를 준비하느라 얼마나 아득하고 힘드셨을까? 그때 읊
어주시던 시구가 자꾸 생각나는 거야. 어머니는 딸들에
게 시를 읊어주면서 저녁 차릴 힘을 얻지 않으셨을까?
어머니가 들려주는 목소리가 그윽하여 그 저녁은 얼마
나 아름다웠는지 몰라.

유튜브 헤엄치기

이른 아침에 일어나 따뜻한 차에 꿀을 조금 타서 마시며 일을 시작한다. 글을 마무리해서 보내야 하기 때문이다. 마감을 끝까지 미루었다. 쓰기 시작한 지는 일주일도 넘었는데 자꾸 수정하면서 12장짜리 글을 완성한다. 부엌에 관한 글이다.

요즘 알고리즘 때문인가 〈유 퀴즈 온 더 블록〉에 나오고부터 그곳에 나온 다른 사람들 이야기도 흥미가 있어 따라 들어가 보니 젊은 웹툰 작가들과 가까워지게 되었다. 자꾸 그들의 유튜브에 들어가서 보게 됐다. 재미가 있고 솔직하고 돈과 일과 가족과 인기와 조회 수와 댓글 속에서 사는 그들의 모습이 재미있고 매력적이었다. 그런데 나는 그들의 말을 따라다니기가 버겁고 이해 못 할 언어들이 많았다. 만화를 보지 않고 자랐고 잘 모르는데 어찌 그들의 언어를 따라가겠는가? 그러면서도 끌리는 것은 전문성을 갖고 10여 년 인기를 누려온 그들이 존경스럽고 배울 점이 많기 때문이다. 때로는 연민이 가기도 한다. 내가 보기엔 조악한 음식을 먹으며 생활하는 그들이 100만이 넘는 조회 수에 휘둘리며 사는 것이 불쌍하기도 하다. 유튜브 방송을 종일토록 하며 많은 돈을 벌고 있는 그들은 모두가 부러워하는 동시대의 우상인데 내가 불쌍해할 이유는 없겠지만, 그런 생각도 든다. 아마도 내가 나이가 많이 들어서 젊은 그들의 얼굴빛에 그늘이 보이기 때문일 것이다. 그늘이 아니길 빌지만.

잠들기 전 오디오 북을 듣는 사람들이 많아졌다. 어제는 김겨울이 하는 유튜브 '겨울서점'에 들어가보았는데 긴 파마머리를 자르고 숏커트를 하니까 훨씬 인물이 나아 보이고 좋았다. 어제는 책을 소개하면서 그 책에 관한 정보는 말하지 않으면서 읽고 싶도록 이야기하는 것이 마음에 들었다.

나는 오늘 책을 주문했다. 《물고기는 존재하지 않는다》. 집에 아직 보지 않은 책들이 쌓여있건만.

어제 들어보니 김겨울이 몇 달 동안 유튜브 방송을 쉬며 그동안 쓴 자신의 글에 대해 이야기하고 있었다. 참 균형을 잡아가며 하고 있구나 싶어 기특했다. 그리고 5년 동안이나 책에 관한 유튜브를 해왔다는 것도 알았다. 김겨울이 참 예뻐 보이기까지 했다.

화가의 딸, 시인의 딸

아치울 마을 입구에 오래된 작은 건물이 하나 있는데 노인정으로 이 마을이 조성되기 시작할 때부터 있었는데 주로 남자 노인들이 이용하는 것 같았다. 나는 한 번도 들어가 본 적 없는데 아치울이라는 현판이 하인두 화가가 쓴 것임은 알고 있었다. 별 특색 없는 건물이지만 그 현판을 볼 때마다 나는 하인두를 떠올리곤 했다.

얼마 전 그 건물이 철거되기 시작했고 그 현판이 사라지더니 어느 날 완전 철거공사를 하는 게 아닌가? 나는 차를 타고 들어오다가 철거하는 건물 앞에 내려서 감독하는 사람처럼 보이는 분께 물어보았다. 그 현판에 대해서. 다행히 그분은 하인두 선생의 이웃이었다며 잘 보관하고 있고 건물이 다시 지어지면 걸 거라고 믿음성 있게 말씀하신

216

다. 나이 지긋한 마을의 원주민이다. 나는 안도했다. 나는 아치울 마을에 하인두 선생이 살고 있었다는 건 알았지만 우리가 살기 시작할 때는 이미 돌아가셨고 부인인 유민자 화가도 이사를 가셨다. 그래서 본 적은 없지만 전시회나 미술관에서의 그림은 눈여겨보았다.

그분의 딸인 하태임 화가의 그림이 요즘 각광을 받고 있어 검색도 해보고 기사를 찾아보고 하면서 나도 팬이 되었다. 전시회에 가본 적도 없건만.

이번 달 현대문학 표지가 하태임의 그림이다.

"대부분의 여자들이 사춘기에 이르면 유년기에 사랑해 마지않던 핑크를 유치하고 여성성을 드러내는 색이라고 외면하게 된다. 하지만 인생의 거친 풍랑을 지니고 내면을 마주하고서야 만난 자신의 비뚤어진 고집스러움에 용서를 구하는 색이다."

하태임의 작가 노트는 핑크를 다시 생각하게 한다. 그리고 하태임의 핑크 띠를 숨결처럼 리듬처럼 따라가게 된다. 대중적인 인기 덕분에 드라마 속 배경 그림으로 나와 가끔 눈을 즐겁게 하는 것도 좋지만 화가를 한번 만나고 싶어진다.

매달 현대문학에 실리는 김채원의 산문과 그림은 나

를 문학적으로 진정시키는 힘이 있다. 만나서 차 한잔 나눈 적이 없지만 문학 속에서의 친밀감으로 아주 가깝게 의지가 된다. 이번 달에는 김채원의 그림 에세이를 펴보고 깜짝 놀랐다. 첫 페이지에 내 이름이 나오는 게 아닌가. 나는 내 이름을 보면 놀란다. 희성(稀姓)이기 때문일까. 그냥 김이박 씨였으면 안 그럴 것 같다. 나의 성씨가 익숙하지 못하고 낯설게 느껴지기 때문이다.

채원 선생의 글 속에 나는 동화처럼 미화되어 있지만. "늘 수를 놓고 책갈피 꽂이 같은 것을 만들고 꽃을 꺾어 화병에 꽂아놓고 그림을 그리고" 하는. 나의 모습일까? 나의 모습이기도 하고 지극히 편린이기도 한 것 같다. 카톡으로 가끔 사진과 문자를 주고받으며 쌓인 이미지 때문일까? 김채원의 소설 《초록빛 모자》가 생각난다.

우주를 안은 책

많은 것이 엉켜서 소란을 떨면 어디서부터 써야 할지 모를 때가 있다. 책을 받으면 한 권 한 권 소중하기에 마음을 쓰지 않을 수 없다. "한 사람을 연구하면서 한 사람을 넘어 하나의 우주를 보게 됩니다"로 시작하는 카드와 함께 보낸 책을 읽는다.《박완서 마흔에 시작한 글쓰기》이다. 양혜원 에세이인데 학위논문을 에세이 형식으로 쓴 책이다. 그리 두껍지 않아 금세 볼 것으로 생각했는데 연구의 깊이가 심오하여 그렇지 않다. 나에게는 재미보다는 부담이다. 다양한 연구와 생각이 부딪치기도 하니까. 아무튼 끝까지 보아야 한다.

이어령 선생님이 마지막 시집《헌팅턴비치에 가면 네

가 있을까》를 내셨다. 돌아가신 직후 출간되었나 보다. 그러려면 미리 준비를 했겠지. 헌팅턴비치는 딸 이민아가 있었던 곳이라고 한다. 슬픔이 스미지는 않지만 시로써 느껴진다. 벌써 헌팅턴비치에 가셨겠지?

새 책을 안고 있으면 정말 우주가 다가온다. 그것도 버거운 일이지만.

문학동네에서는 여태껏 나온 시집의 제목을 모두 나열하고 몇몇 시를 뽑아 수첩과 캘린더를 만들었는데 하도 아름다워 자꾸 만져보았다. 특별한 서책이다. 마치 고서의 옆면 같기도 하고 제본이 예술이다. 그 수첩이라면 저절로 시가 써질 것 같은. 문학동네는 아름다운 책을 만들면서 앞서가고 있는 것 같다. 새로운 시도 그 컬러선의 세련됨이라니. 손에 쏙 잡히는 물성의 다가옴이 매력적이다.

봄이 오니까 책들도 피어나고. 그 책들은 겨울 동안 수많은 작업과 기획의 결과물일 것이다.

❀ ❀ ❀

어제는 의무적으로 읽기 시작한 책이었지만 박사학위 논문을 기반으로 쓴 양혜원의 책이 좋아서 완독했을 뿐 아니라 여러 군데 접어서 다시 읽고 있다. 참 어려운 일인데 내공이 상당한 것 같았다. 여성학자이고 종교학자이기도 한 저자가 박완서 문학을 연구하면서 자신의 인생 여정에 영향을 준 주제를 밝히고 있다. 학문 연구와 인생이 따로가 아닌 고백록과 같으니 감동을 줄 수 있는 것 같다.

최근 지극히 작은 일이지만 기록을 남기고 싶다.

실내에 키우는 양난의 이파리와 꽃에 하얀 곰팡이 같은 것이 생겨 문의를 한 적이 있다. 농촌진흥원의 국립원예특작연구원이란 곳에 문의를 했는데 의외로 친절하게 정식 공문으로 답을 보내왔다. 그건 곰팡이나 병이 아니고 깍지벌레라는 곤충이 붙은 건데 퇴치할 수 있는 농약 이름까지 가르쳐주었다. 전문가의 조언을 직접 듣게 되었다. 정말 난의 이파리 뒷면과 꽃 속에 하얀 벌레가 기어 다니는 게 아닌가? 아주 선명하게 더듬이까지 달려있다. 3밀리미터나 될까 벌레를 보니 오래전 이 잡던 생각이 나는 게 아닌가? 그리고 DDT를 뿌렸던 그 시절이 생각나는 게 아닌가?

결국 그 추천한 농약을 주문하게 되었다. 디노테퓨란(슐탄)이란 약이다. 수소문을 하여 종로의 농약종묘상에 주문을 하게 되고 약이 왔다. 8그램에 물 20리터를 넣어

희석하는 방법인데. 아마도 그 약 한 병은 내가 죽을 때까지도 다 못 쓰리라. 가드너의 노력이 아니라면 할 수 없었을 거다.

실내에 키우던 양난 화분을 목욕시키고 약을 줘서 하얀 깍지벌레 퇴치까지 마쳤다. 봄날 노부부가 이런 사소한 일을 하고 있을 거라는 걸 짐작이나 할 수 있었을까?

참으로 모를 일이다.

서른아홉 여자 셋

서른아홉 살의 여자친구 셋이 나오는 드라마에 푹 빠져있다. 넷플릭스에서 보기 시작했다가 본방송으로 본다. 세 여자의 우정에 신기하게도 몰입된다. 그중 한 여자의 엄마가 암 투병을 하고 있을 때 세 친구가 번갈아 가며 간병하는 모습을 보며 같은 병실 사람들이 부러워하는 장면이 나온다.

여자 셋이 모이면 하나를 따 시킨다는 속설이 있는데 드라마에서는 그렇지 않다. 나는 나의 친구 관계를 생각해 본다. 그렇게 친밀하지는 못한 것 같다. 마음을 깊이 나누어도 생활에선 어느 선을 유지한 것 같다. 더 가깝게 들어오지 않도록. 그렇다고 해서 건성으로 친구 관계를 가졌던 건 아니다. 오랜 친구들이 있어 언제나 소중하고 깊은 마음을 나눌 수 있다고 생각한다. 그러나 재산이 얼마나 있다든가 자식들의 행로라든가 같은 사생활에 대해서는 그저 들은 것만 알지 그 이상은 모른다. 아무튼 드라마 속 여자들이 예뻐보였고 그들의 상처에 동정심을 갖게 된 것이다. 같이 울어준다고 할까.

이렇게 써놓고 하루가 갔다. 밤새 빗소리가 나는 것 같았는데 봄눈에 아차산이 희끗희끗하다. 서재에 있던 화분을 모두 내놓았는데 얼지 않을지 모르겠다. 3월 말까지는 영하로 떨어질 수도 있는데 좀 조급했었다. 봄이 뒷걸음치듯이 다가오고 있다. 봄눈이야 곧 녹겠지.

어제는 수면내시경으로 대장검사가 있었다. 역한 약물을 먹고 화장실 들락거리며 장을 비우는 건 힘들었지만 푹 잘 수 있었다. 자잘한 걱정들을 잠 속에서 잊는 게 좋았다. 그리고 금식에서 풀려나 먹을 수 있으니까 참 좋았다. 삼 년 전 대장암 검사 후 초기 암이어서 조직을 떼어내었다고 한 이후로 매년 검사를 하게 되었다. 그 후 다 괜찮았다.

다 건강하면 좋겠지만 문제를 안고 살아가는 것도 그리 나쁘지 않다고 생각한다. 몸과 마음을 낮추고 조심하면서 살게 되니. 문제없이 건강하면 잘난 척할 것 같아.

드라마를 즐겨보고 그 이야기를 자기가 아는 사람들 이야기처럼 하는 것이 이해가 된다. 그런 사람들이 정신적으로 더 건강하다는 생각도 든다. 드라마 속 친구의 시한부 인생을 같이 하며 눈물깨나 흘린 것 같다. 그런 동정심이 중요하니.

아직도 봄눈이 오면서 아이스 슬러시처럼 녹고 있다. 무슨 사진을 올릴까 생각이 안 나네. 미술 선생님이 보내준 버드나무 그림이 좋을 것 같다.

모방과 창조

며칠 집을 비우고 돌아오니 매화 수선화 튤립이 피었다. 주인이 없어도 필 때가 되면 핀다고 주장하는 것 같다. 주인이라고 생각하는 것 자체가 우습지만. 키 큰 수선화의 향기가 퍼지니 정말 은은하다. 흙에서 이런 향을 끌어올리다니 꽃보다 더 신비롭다.

어머니 장편소설 전집이 오디오 북으로 나온 걸 알고 있었지만 제대로 챙겨 듣지를 않았는데 최근 접속해서 듣게 되었다. 이건 오디오 북 전문 기업인데 제작도 그 업체에서 했다고 한다. 넷플릭스나 왓챠와 비슷하다고 보면 된다. 나는 아직도 종이책에 익숙해 오디오 북 들을 생각을 안 했는데 출판사로부터 기프트카드를 받게 되었다. 그런데 어머니 책뿐만 아니라 무궁무진하게 들어있는 콘텐츠에 놀라고 말았다. 종이책에서 오디오 북, 전자책으로 움직이고 있다는 말은 들었지만, 이 정도 규모인 줄은 몰랐다. 나는 어머니 책을 시작으로 귀로 맛을 보기 시작했다. 연기력이 아주 좋은 성우가 읽어서 집중이 잘 되었고 책에서 느끼지 못했던 행간의 의미가 뜻밖에 다가오기도 했다.

그런데 어머니 책《나목》과《그 남자네 집》을 듣다가 서핑을 하게 되었다. 그러다가 우연히《모방과 창조》라는 제목의 책에 빠져들게 되었다. 나의 오랜 친구 E의 친동생이자 경제학자 김세직 교수의 책이다. 남자 성우의 목소리로 귀에 쏙쏙 들어오는 내용을 들려주는데 설득력이 있다. 경제학 강의실에 앉아있는 것 같기도 하고 머리 좋은 남동생이 누나에게 제 전공에 대해 알아듣기 쉽게 풀어주는 이야기 같다.

E에게 동생이 책을 냈다는 이야기를 들은 적이 없다. 자주 통화하는 편도 아니고. 김세직의 책을 듣다가 하도 유익하고 좋아서 E에게 전화를 하니 전원이 꺼져있다. 아마도 공부를 하고 있으리라. 퇴직을 하고도 공부할 게 많다는 친구. 이제 공부 좀 그만하라고 한다면 말이 안 되겠지. 아직도 공부가 재미있고 모르는 게 많다던데.

60년대부터 90년대까지 꾸준히 경제성장을 해온 기적 같은 한국경제를 해석하는 일. 바로 우리가 살아온 길인데 참 재미있다. 1990년 이후의 경제. 아직 듣지 않은 부분도 흥미진진하다. 콩나물 교실에서 공부했다는 김세직 교수의 이야기, 거기서 인적자원을 길러냈다는 한국의 교육. 오디오 북으로는 들은 걸 다 옮길 수가 없다. 활자를 보아야지.

장학퀴즈에 나가 받은 상금으로 대학을 다녔다는 친구 동생, E의 네 형제자매 모두 과외 공부 한번 한 적 없는 것은 내가 잘 안다.

《모방과 창조》이 책을 강력히 추천하고 싶다.

❀ ❀ ❀

아침에 마당의 꽃들과 눈을 맞추고 향기를 맡는다. 수선화가 생각했던 것보다 강한 수종이라는 게 뿌듯하다. 일곱 송이가 아니라 일곱 종류의 수선화가 피고 곧 피어오르려 한다. 토종의 수선화도 꽃망울이 맺혔다. 히아신스의 꽃대가 포도송이 같다. 할미꽃이 솜털을 뒤집어쓰고 나온다.

그리고 부추 이파리. 저걸 연할 때 따서 오이김치를 담가야지 하는 건 되풀이되는 일상이다. 아침에 오이를 사놓았다. 그러나 아직 하지는 않았다. 오늘 아침에 당근바나나 케이크를 두 판 구웠으니 부엌에 다시 들어가기는 싫다.

냉장고에서 꺼멓게 된 바나나 시들어가는 당근을 넣어 만든 케이크는 성공이었다. 하다앳홈의 레시피는 늘 믿음이 간다. 결국 베이킹 책을 냈다고 한다. 그럴 만하다. 성공률이 높고 레시피에 품격이 있다. 오늘도 우유 20그램에 식초를 조금 넣어 요구르트 상태로 만든 뒤 케이크 반죽에 넣는 레시피가 참 좋았다. 전에도 해보았지만 잊고 있었는데 식초가 왜 들어가지? 했다가 해보니 알게 되었다. 작은 팁이 부드러운 감칠맛을 준다.

김세직 교수의 책을 거의 다 듣고 있다. E는 전화를 받지 않는다. 혹시 아픈가? 걱정도 되지만 아마도 줌 수업을 듣고 있을지 모른다. 그러다가 한참 후에 전화를 주는 무심함. 그래도 전화가 통하면 언제나 무심하다고 생각하기보다는 신이 나서 말을 주고받게 된다.

나는 《모방과 창조》를 들으며 김 교수에게 질문이 많다. 60년대 이후 경제성장의 원인으로 50년대의 초등교육을 들고 있는데 그런 의무교육을 실행해 온 이승만 대통

령에 대한 언급은 없다. 60년대부터 90년대까지의 성장 동력에 있어서도 지도자에 대한 언급은 없다. 그런 의문. 1950년부터 1990년까지의 교육과 그 후의 교육은 어떻게 달라지고 그 까닭은? 주입식 교육이 창의력을 말살하기만 하는가?

1960년부터 1990년까지 고도성장을 이룬 한국이 1990년 이후 하향길에 들어선 이유와 그것을 벗어나고자 하는 희망찬 학자의 탁월한 저서. 진짜 인적자본에 관한 담론. E와 신나게 김세직 교수 이야기를 하면 좋으련만.

1인 연구소

3월은 2월에 비해 넉넉하다. 사흘이 보너스같이 느껴지면서도 그 속도는 두 배나 빠른 것 같으니 어찌하리오.

내가 좋아하는 젊은 친구의 유튜브가 있는데 그림을 그리면서 말을 하는 영상이다. 그 친구 말이 너무 미래를 그리지 말고 하루를 잘 지내야 되겠다 한다. 하루를 잘 지내는 게 쌓이면 저절로 미래가 펼쳐진다는 것이다. 젊은이들이 지혜롭기도 하지. 최근에는 코로나에 걸려 끙끙 앓으면서도 배달한 음식 먹으면서 신나하는 영상을 올렸다. 지인들이 보내준 구호품 택배를 뜯으며 서프라이즈 선물에 기뻐하는데 이미 코로나가 멀리 떠나간 것 같았다. 화가로서도 성공을 못 하고 직장생활도 만족하지 못했던 루저의 시기도 있었는데 그걸 극복하는 것이 그 친구 영상의 주제였다. 나는 아직도 배울 게 참 많다.

얼마 전 옷장 정리를 하다가 어머니가 입으셨던 반팔 캐시미어 스웨터를 발견했는데 10년이 지났는데도 입으니까 따뜻하고 좋았다. 나는 옷이 마음에 들고 좋으면 매일 입는 성향이 있다. 안에 유니클로 히트텍을 입고 그 위에 입으니 조끼 같았다. 캐시미어의 부드러운 감촉. 올리브색 기하학적 무늬가 있는 세련된 디자인. 어머니가 입으셨던 옷인데 눈에 뜨이지 않으면서도 착용감이 알차다.

나는 한참 입다가 손으로 빨래까지 하여 다시 입는다. 어린아이가 어릴 때 덮던 담요에 집착하듯이.

어제는 드디어 E와 통화가 되었다. 역시 국사편찬위원회의 강의에 접속하느라 전화는 꺼놓았다고 한다. 고문서의 오래된 글씨, 흘린 글씨를 해독하는 재미에 대해 이야기한다.

남동생 김세직 교수 이야기에 막내라서 그저 막둥이 같다고 한다. 큰누나한테는 그럴지 몰라도 환갑이 넘은 가장이고 교수인데. 한참을 통화한다. 내 목소리가 오랜만에 높아진다. 신이 나서 훌륭한 점과 의문점을 말한다. 동생한테 직접 말하면 더 좋아할 거라고 말하지만 나는 그러고 싶지는 않다. 그런 말들은 친구와 나누는 게 좋다. 속 시원하게.

"나는 1인 연구소야. 맨날 세상을 연구하고 있지."

이런 이야기를 누구한테 하겠는가?

E는 여태껏 나에 대해 부정적인 이야기를 한 적이 없다. 내가 서운함을 느끼거나 거슬리는 느낌의 말을 건넨 적이 없다. 그런 친구를 가질 수 있을까? 초등학교 6학년 때 1등하던 친구를 샘내본 적이 없다. 친구가 더 뛰어난 걸 인정했으니까. 나보다 열심히 공부한 것 같지는 않다. 머리가 좋아서 그랬을 것이다.

파친코 속의 어머니 글

오늘 나의 머리를 떠나지 않는 것이 있다. 아직 보지 않은 책과 영화에 관한 이야기다. 《파친코》. 책을 아직 보지 않았고 애플TV도 못 보았다.

유튜브에는 전부는 아니지만 장면 장면을 보여주는 다이제스트가 여러 개 올라와 있다. 맛보기인데 꽤 좋다. 간간이 나오는 윤여정의 연기가 녹아 들어가 있다. 윤여정이 〈유퀴즈 온더 블록〉에 나와 영화 〈파친코〉에 대해 말한 것부터 시작하여 멋지다. 연기자로서 일관되게 뚫고 있는 어떤 정신이 〈파친코〉와도 어울린다. 아니 딱 맞는다. 나는 윤여정이 나만이 이 역할을 할 수 있다는 자부심으로 연기에 임했으리라 생각한다.

나의 친구가 몇 년 전에 영문판《파친코》를 읽고 나에게 문자를 보낸 적이 있다. 그 책 첫 장 페이지에 어머니 글이 인용되었다는 것이다.

　나는 그 글이 어디서부터 온 글인가? 금세 감이 오지 않았다. 그리 길지 않은 문장만으로. 가만히 있을 내가 아니다. 어머니 책을 다 뒤져서라도 찾는다. 책장을 다 뒤지기 전에 찾아내었다.

　잠을 자면서도 떠오르는 것이 있어 글을 이어본다.

　"아무리 고개를 넘고 내를 건너도 조선 땅이고 조선 사람밖에 없는 줄 알다가 / 처음 들은 딴 나라 이름은 덕국(德國)이었다."

　《파친코》에서 인용한 것과 어머니의 글과 같은 맥락일까? 아무튼 하나의 문장을 번역하는 과정에서 둘로 나뉜 것만은 사실이다.

　좀 더 연구해 보아야지.

카페에 들고 간 책

악장이 바뀌듯 5월이 되었다. 어린이날이 있어서일까 경쾌한 음악이 들리는 듯하다. 그렇다고 내 마음이 경쾌한 건 아니다.

오후에 점심도 먹지 않고 동네 찻집으로 갔다. 안 하던 짓이다. 책을 세 권 들고 누구와 약속도 없이. 노트북을 들고 가서 글을 써야지 했지만 어댑터를 빼서 들고 가려니 뒤에 먼지가 있어 그것을 치우려면 간단한 일이 아니어서 그냥 책만 들고 가기로 했다.

또 하나 찻집에 가는 이유가 있다. 어머니가 입으시던 옷을 동생들이 입기 싫다고 해서 그냥 둔 옷인데 꺼내보니 괜찮길래 리폼을 해보았다. 소매가 길어 접어 올린 후 수실로 소맷단을 꿰매어 다른 옷으로 만든 것이다. 아무도 모르겠지만. 그걸 입고 나가기 딱 좋은 가벼운 나들이다. 아무도 눈여겨볼 사람 없겠지만.

들고 간 책은 최근에 나온 우크라이나 작가의 《전쟁 일기》, 윤대녕의 《칼과 입술》, 안셀름 그륀의 《다시 찾은 마음의 평안》이다. 한 권 한 권 갖고 간 이유가 있다. 글을 쓰는 데 도움이 될 수 있으려나?

윤대녕의 책은 예전에 읽은 건데 다시 주문해서 보니 느낌이 달랐다. 음식에 관한 에세이인데 자료가 많았고 나름 배울 점이 많았다. 문체야 원래 유연한 작가이고. 그래도 남자라는 것이 느껴졌다. 나의 요즘 독법은 남자와 여자를 구별하는 것이다. 그전에는 남녀를 생각하지 않고 개인으로 대했지만 지금은 남자는 일단 남자로 보고 여자는 일단 여자로 본다. 좋은 독법이라고 생각하지 않지만 의외로 우매한 독법은 아니다.

배추는 위로 자라므로 양, 무우는 뿌리이므로 음으로 보고 김치를 중용의 맛 음양의 조화로 보고 있다. 윤대녕은 젓갈을 어머니의 짠 젖이라고 표현한다. 《은어낚시통신》이란 작품으로 주목을 끌었는데, 그 작품의 김윤식 선생의 평론이 정말 좋았었다.

아무튼 찻집에서 보이차를 홀짝거리며 책을 보았다.

다른 손님은 없고 나 혼자 바깥의 나무와 바람을 보며 책을 본다. 자유로운 시간이다. 보이차는 아무리 마셔도 나쁘지 않네. 찻집 사장은 있는 듯 없는 듯 조용하다. 참 좋은 사람이다.

5월의 첫날. 멀리서 아이들이 식물원에 간 사진을 보내온다.

프랑스 수도원의 친구에게

가을이 깊어가고 있어. 새벽에 마당에 나가면 앞산과 마당의 단풍든 나무들처럼 공기마저 같은 빛깔에 물드는 순간이 있어. 파스텔 색조의 홍차 빛깔이야. 해가 떠오르면 그 빛은 사라지지만 나는 가을 새벽에 순간적으로 느낄 수 있는 그 물기 어린 대기가 신비로워 하염없이 바라보게 돼.

　가을이 깊이 물드는 시간. 나는 그 가을 숲을 혼자 걸어가. 며칠째 나를 실험하듯이 해보는 건기야. 산의 입구에서 신발과 양말을 벗어들고 맨발로 걸어보는 거야. 흙의 감촉 떨어진 나뭇잎의 바스락거림 그리고 바윗돌의 감촉을 발바닥으로 느낄 수 있어. 나는 스틱을 짚으며 혹시 밤송이에 찔리지 않을까 조심스레 발밑을 보며 걸어가고 있지. 며칠 동안 지속하니까 점점 익숙해지는 것 같아. 하루하루 갈참나무 낙엽이 깊게 쌓이는구나. 맨발로 디디는 땅의 감촉이 좋으면서도 맨발을 내려다보면 초라해지고 내가 왜 이러지 하는 마음이 생겨. 신발도 없이 아무것도 가지지 않은 사람이 되는 거야. 그러면 나는 성모송을 저절로 읊조리게 돼. 그리고 무거운 마음 불안한 마음 안타까운 마음의 갈등 이런 것들을 성모님과 주님께 다 털어놓게 된단다. 맨발로 걷는 것이 몸에 특별한 효능이 있다고 다 믿는 건 아니지만 우연히 시작한 것이 습관이 되어버렸단다.

70년을 살았는데 마음의 평화가 올 줄 알았는데 아직도 마음이 출렁거려. 무엇이 옳은 것인가 어떻게 살 것인가 세상을 어떻게 바라볼 것인가 자꾸 묻게 돼. 겉으로는 평온한 미소를 지어보지만 마음속 갈등과 불화를 어쩔 수가 없어.

이런 고백을 할 수 있는 친구가 있어 편지를 나눌 수 있다는 게 구원처럼 느껴지는구나. 약해져가는 몸과 다 끝나지 않은 팬데믹 속에서도 수도원의 꽃꽂이를 자유롭게 해서 기쁘다는 너의 메일을 보며 꽃을 꽂는 네 모습을 상상하고 미소를 짓곤 해. 이 계절에 네가 있는 프랑스의 시골 수도원에서는 무슨 꽃을 꽂을까?

최근 내가 20년 동안 몸담으며 같이 일해 온 경운박
물관에서 특별한 전시가 있었어. 〈의친왕과 황실의 항일
운동-기록과 기억〉 그 전시를 위해 뉴욕에 사는 이해경
황손이 귀국해서 만남을 가졌고 전시와 관계되는 학술
심포지움이 있었어. 나는 정말 역사적인 지식이나 감각
이 아둔하여 다 설명할 수는 없지만 의친왕의 딸로서 겪
은 자서전을 꼼꼼히 읽으며 감동을 받았어. 92세의 나이
로 꼿꼿하게 서서 정확하고도 품격 있는 언어로써 인사
를 하는 모습에 머리 숙이고 싶었지. 의친왕의 딸로 태
어난 태생부터 전근대적인 황당함에도 이해경은 밀려오
는 역사의 소용돌이 속에서 늘 자신의 삶을 택해왔다고
하는 것에 감동을 받았어. 왕가의 영광도 아니고 편안한
삶도 아닌, 자신의 자유의지를 스스로 존중하면서도 사
랑의 은혜를 잊지 않는 기품 있는 삶의 기록을 보며 너에
게도 알려주고 싶었어.

6·25전쟁 통에 생존을 위해 곡식을 바꾸어 먹으러
궁중의 비단을 들고 동대문시장에 가는 그 모습은 보통
백성들의 모습과 다르지 않았지. 그 상황 속에서 다르지
않음을 행동한 용기가 그를 살아남게 했던 것 같아. 완

장을 차고 음악동맹 좌익 짓을 하기도 했고 세상이 뒤바
뀌어 좌익으로 몰려 견딜 수 없는 수모를 겪기도 했다고
해. 나는 그분이 그 증언을 남김으로써 인간성을 회복하
고 왜곡되었던 마지막 황실의 역사를 증언하는 모습이
참 감동적이었어.

정신을 차리고 살아남기란, 그 정신을 온전히 지키
기란 얼마나 어려운 일이었던가.

생모가 아닌 의친왕비가 준 사랑과 은혜를 간직하고
보은하는 모습이 아름다웠어.

"누구나 사치를 하면 망하는 법이다. 그리고 사람은
항상 겸손해야 한다. 네가 누구의 딸이라고 조금도 잘난
게 없으니 절대 교만하면 안 된다"라고 기르며 교육한
의친왕비의 존재를 누가 일깨울 수 있으랴. 경운박물관
에 기증하셨던 의친왕비의 녹색 당의의 아름다움을 어
찌 전할 수 있으랴.

이번에는 의친왕과 의친왕비의 유물이 전시되는데
그 할아버지 대원군이 천주교인을 박해했으니 그 속죄
하는 마음으로 영세를 받았고 한국순교복자수녀회에 맡
긴 궁중 유물이라고 해. 의친왕의 원유관과 의왕영왕책
봉의궤는 정말로 보기 어려운 귀한 유물인데 전시를 위

해 내어준 오륜대 한국순교자박물관의 수녀님들의 귀한 강연을 들었어.

개성에서 시작한 수녀회가 가회동에서 의친왕과 왕비와 인연을 맺고 비오와 마리아라는 영세명으로 세례를 받아 궁중 유물을 수녀회에 맡기게 되는 과정 속에서 오랜 세월이 흘렀는데도 그 유물이 세상 사람들에게 보이게 되었지. 파락호였고 무능한 왕이었다고 알려졌던 의친왕이 대한제국의 독립을 위해 국내외로 피나는 노력을 했다는 기록들이 사라지지 않았고 그 사실이 밝혀지는 전시는 참으로 훌륭했어.

나는 너에게 이 이야기를 하고 싶었어. 나의 일상 속에서 일어나는 일이기도 하지만 그 감동을 전해주고 싶었어. 진실이 주는 감동. 여러 사람의 노력으로 시간이 지났는데도 그 진실의 아름다움을 드러나게 해주신 주님께 감사드리게 되었지.

최근에 있었던 이태원 참사를 떠올리며 나는 정말 참담했어. 할로윈이 도대체 무얼까? 어디인지도 모르고 무엇을 따라가는지도 모르다가 죽은 젊은 영혼들을 어쩌할 것인가. 이런 일이 그들의 잘못이기만 한 것인가? 내가 어쩌해 볼 수 없는 일에는 탄식하며 주님께 간구하고 기도할 수밖에 없었어.

나는 한 걸음 한 걸음 발을 떼어 탄식하며 기도하고 있어. 주여 저의 탄식을 받아주소서. 주님께 매달리며 간구하고 기도하고 있어. 젊은이들에게 무엇보다 자신을 아끼라고 간절한 마음으로 기도하고 있어.

마당 곳곳에 만추국이 피어있구나. 늦은 가을에 피는 꽃, 이파리는 붉게 물들어가면서 서리가 내릴 때까지 피는 만추국은 나에게 특별한 위로를 주는 꽃이야. 눈에 뜨이지 않는 빛깔이지만 하늘의 별자리처럼 반짝이는 꽃, 작지만 강하면서도 자신을 드러내지 않는 다소곳한 성정이 좋아. 본받고 싶은 꽃을 바라보면서 은은한 향기를 맡는 것. 주님이 나의 탄식에 응답해 주시는 것 같구나.

잔물결, 쾌활하면서도 온유한

살구나무에서 떨어진 낙엽을 쓸어내는 H의 뒷모습을 바라본다. 떨어진 잎을 그냥 두면 썩어서 잔디가 상하게 된다고 한다. 그래서 매일 쓸어낸다.

일이랄 것도 없더라도 낙엽을 모아 비닐봉지에 넣으면 며칠 안 되어 가득 차게 된다. 그러면서 가을이 깊어진다. 약간은 슬프기도 하고 감사하기도 한 장면이다. 그러다 새가 파먹기 시작한 익은 감을 갖다준다. 감미롭고 부드러운 맛이다.

갈치속젓을 넣은 깍두기가 개운하길래 연거푸 담가 먹었다. 조금씩 담그니까 금세 먹게 된다. 둘 다 푹 익은 것보다는 신선한 걸 좋아하니까.

마트에서 양송이가 신선하길래 수프를 하려고 샀는데 그냥 구워 먹으니까 한 접시 밥상의 음식이 된다. 소금을 조금 뿌리고 참기름을 넣는 게 전부지만 향취가 좋다. 신선하니까.

미역국은 내가 여러 번 먹어도 물리지 않는 음식이다. 부드러워 밥이 넘어가니까. 양지머리를 푹 고은 국으로 끓이니까 든든하기도 하다. 보통 참기름에 미역을 달달 볶던데 그러지 않는다. 나만의 방법이다. 그래도 맑은 멸치액젓으로 간을 하면 아주 개운하다.

코로나가 스르르 물러가니까 외식을 할 기회가 많아진다. 나에게는 음식점을 찾아다니는 것이 아직 적응이 안 된다. 게다가 다소곳이 집에서 음식을 해먹던 루틴이 자꾸 무너진다. 그렇다고 집에서 세끼를 꼬박꼬박 해먹는 걸 반드시 바람직하다고 생각하는 건 아니다. 변화에 적응이 늦을 뿐이다.

어제는 지인이 책을 보내준다길래 주소를 확인해 주었는데 받아보니 특별한 책이었다. 뉴욕에서 나온 원서였는데 미나가와 아키라라는 패브릭 디자이너가 만든 브랜드 '미나 페르호넨 minä perhonen'의 비주얼 북, 《ripples》란 책이었다. 아름답고 그윽했다. 일본의 정서이기도 한데 페

246

이지마다 들어간 문양의 사진들이 독특한 아름다움을 자아내었다. 이런 귀한 책을 나에게 왜 보내주었을까?

얼마 전에 그분은 어머니가 돌아가셔서 어머니의 유품을 자기 집에 다 가져왔다. 동생들이 원하지 않아서 혼자 다 가져오게 되었는데 하루하루 버리기도 하고 간직하기도 한다는 근황을 전하며 어머니가 딸의 초등학교 성적표를 보관한 것을 보고 놀랐단다.

그 당시 20살이었던 어린 선생님이 정성스런 글씨로 성적표에 "명랑 쾌활하면서도 온유한" 아이라고 썼다고, 그 글을 보고 앞으로도 그렇게 살기로 했다는 말을 비아씨에게 전하고 싶었다고 한다.

저도요. 저도 그렇게 살고 싶어요.

그 빛바랜 성적표는 노후의 좌우명이 되리라.

나에게 그 아름다운 책을 보여주고 싶었다고 했다. 부드러운 문양들 구름 같기도 하고 꽃 같기도 하고 선명한 듯하기도 하고 몽롱한 듯하기도 한 선.

미나가와 아키라는 1967년생이라는데 더 오래된 사람 같다. 나는 책 속의 그림들을 따라 그려보기로 했다. 모방을 하다가 창의적인 아이디어가 솟을 것 같았다. 책 제목《ripples》도 무슨 리듬이 있는 듯 따라보게 된다.

물방울을 그리는 남자

이런 것을 번개팅이라고 하지. 산책을 같이 할까 해서 자매들에게 연락을 했더니 시네큐브에서 영화를 보기로 했다고 한다. 빨리 준비하면 나도 영화를 볼 수 있을 듯해서 차를 몰고 광화문으로 간다. 연이어 광화문으로 가게 된다. 광화문이 나를 부르는 건가? 자매들은 영화를 본 후 송현동으로 해서 종묘까지 걷는다고 한다. 나는 좋아하며 운동화를 챙겨 신는다.

<물방울을 그리는 남자>. 김창열 화가의 다큐멘터리 영화이다. 정말 오랜만에 나와보는 시네큐브 영화관, 주일이라 조용하지만 마니아들은 오전부터 영화관에 온다. 나는 칠천 원인 경로 우대석을 끊는다. 자매들 모두 나란히

영화관에 들어가는데 이 좋은 영화관에 관객이 우리를 포함해서 10명쯤 되나.

영화관에 온 지는 오래되었다. 자매들은 영화 보기에 익숙하지만. 물로 시작되는 영화. 프랑스어 나레이션, 김창열의 아들이 감독한 영화. 50년 동안 물방울을 그린 고집스러운 아버지와 그의 아들을 그리는 영화다. 다큐이지만 잘 기획된 예술영화.

시체가 럭비공처럼 굴러다녔던 미아리 고개 이야기가 나오다니. 그 트라우마가 영화 전체를 지배한다. 살아남은 자의 슬픔과 고뇌. 수많은 물방울만이 그것을 표현할 수 있었다. 아름다운 화면 시적인 나레이션 물의 이미지, 노자와 달마대사의 모티브가 이어진다. 구도자적인 모습.

나는 머릿속에 이창동 감독의 〈시〉와 6년 전 부산국제영화제에서 보았던 베트남 영화가 떠오른다. 늙은 부모를 배우로 해서 만든 젊은 감독의 실험적인 영화. 그때도 물의 이미지가 나왔다. 그 영화는 감독과의 대화 시간도 가졌던 예술영화였는데 제목도 잊었네.

시적인 프랑스말 나레이션은 이 영화를 고급스럽게 해준다. 어쩜 영화를 끌고 가는 요인. 그리고 깔린 음악의 둔중한 분위기. 나중에 김창열의 고향인 맹산이 구글맵으로 나온다. 물이 흐르지 않는 삭막한 땅에 강은 흔적만 남아있다. 나중에 본 거지만 북한에 가서 촬영을 하고 싶었는데 무산되었다고 한다.

제주도의 미술관을 개관하는 다큐 장면도 김창열 화가의 면모를 보여주기는 하지만 어쩐지 화가의 광고영화 같다. 미술관에 비치하면 좋을 것 같다. 그건 나의 취향이겠지만. 현대의 예술이 어찌 상업과 정치의 손이 움직이지 않고 힘을 쓸 수 있겠는가.

나는 몇몇 장면에서 눈물을 찔끔거렸고, 몇몇 장면에서는 아들이 아버지의 예술을 포장한 것에 대해 시니컬한 감정이 되었다.

3대 가족이 모여 추석 차례를 지내는 장면, 프랑스 사람 아내의 모습.

물방울을 그리기 전 그렸던 그림들이 좋았다.

나는 50년 동안 물방울을 그린 화가를 존경하면서도 조금은 지루했다. 그 물방울은 같은 것은 없을지라도 너무 말갛다. 오직 에센스만이 남은 것 같다. 그리고 너무나 쉽게 복제가 가능하다는 것이 나에게는 좀. 구도자적이고 신비스러운 경지가 나에게는 왜 감동을 주지 않는 것인가?

어머니의 문학을 생각하게 된다. 어쩜 그 트라우마에

있어서는 다르지 않을.

영화를 보면서 많은 생각을 하게 되는 것이 싫다. 머리를 쓰는 것이.

영화는 아름다워 물소리와 물의 솟구침이 힘차 그 프랑스어 나레이션이 섹시해서 엔딩까지 끝까지 보고 일어나지 않았다. 2021년에 김창열 화가가 돌아가신 것은 영화가 끝나고야 알았다.

김창열 아들이 아버지에게 묻는다. 살면서 후회하는 거는 없냐고. 너무 진지하게 산 것이 후회된다는 말이 머릿속에 맴돈다.

단견에 대한 반성

이렇게 멋진 숫자로 조합된 날에 글을 쓰지 않을 수 없다. 내 평생 아니 누구의 생이라도 하나밖에 없는 숫자의 조합인 날이다. 어느 날이나 다 유일하지만 자주 잊고 지내게 된다. 또 하루를 어찌 관리할 것인가? 나에게는 숙제가 있고 말로 한 약속이 있어서 한동안은 머릿속에서 조바심을 쳐야 할 것 같다.

무엇보다 마음의 평정을 유지해야 하는데.

200년 만에 오는 현상, 200년 후에나 온다는 개기월식을 보았다. 월식이 진행되고 그래도 남은 붉은 달을 쳐다보았다. 붉게 남은 달. 개기월식이 되어도 그 존재감에 가슴이 서늘해졌다. 오늘 아침에는 그달의 행사가 지나고 차분하게 하현달이 뜬 서편 하늘을 쳐다본다. 담담하고도 차갑게 가을 새벽에 아무 일도 없었다는 듯 떠있다.

얼마 전 노벨문학상이 프랑스의 작가 아니 에르노에게 갔다는 기사를 보았다. 나도 그 작가의 소설을 여러 편 보았는데 이번 달 《현대문학》에 이재룡이 쓴 글이 의미심장해서 꼼꼼히 잘 보았다. 이재룡은 그 작가가 절대 노벨상을 받을 리 없다고 공언했었는데 막상 받고 나서 쓴 글이라서 〈단견에 대한 반성〉이라는 제목이 붙어있다. 내가 이재룡의 글을 좋아하기도 하지만 그런 글은 참 쓰기 어려운데. 반성문처럼 썼지만 그 작가를 인정해가는 글이 좋았다. 나라도 그 여자 작가를 폄하했을 것이다. 나 역시도 참 노벨상 줄 작가가 끔찍이도 없었나 보다라며 궁시렁거리지 않았는가?

삶과 글을 일치하려고 애썼고 허구를 배제하려고 한 작가의 태도가 하나의 문학적인 영역이 된 것 같다.

요즘 젊은 작가의 글이 참 읽기 어려운데도 꾸역꾸역 읽어보려고 하는 것은 문학의 끈을 그래도 붙잡고 있어야 한다고 하는 생각 아닐까?

《현대문학》에 실린 강화길이란 작가의 단편소설 〈풀

업>을 읽으며 그 결을 따라가게 되었는데 오랜만에 따라
읽을 수 있었다. 두 자매 이야기인데 화자에게 연민을 가
지며 끌려들어갈 수 있었다.

레벤느망 그리고 한은형

계속 생각이 이어지게 하는 소재가 있다. 아니 에르노 원작의 영화를 보게 되었다. 〈레벤느망〉이란 제목인데 영어로는 'happening', 우리말로는 '사건'이라고 보면 된다. 작가의 젊을 적 낙태 체험을 적나라하게 그리고 있다. 영화는 2021년에 만들어졌는데 그러니까 노벨상을 타기 전에 일이다. 왓챠에서 편안하게 볼 수 있었는데 편안한 영화는 아니다.

대학 강의실, 라틴어의 문법을 외우는 장면, 여자 기숙사에서 알몸으로 줄을 서서 목욕하는 장면, 주인공이 임신을 하게 되고 의사를 만나는 장면들, 수술비용을 위해 책을 팔고 돈을 모으고 불법 시술 의사와 접선하고 마취도 없이 불법 수술을 하는 장면, 마지막으로 대학 강의실에서 시험을 보는 장면으로 끝이 난다.

주인공 여자는 연기를 하지 않는 듯 연기를 한다. 표정이 거의 움직이지 않는데도 전해진다. 원작을 잘 살린. 감독의 능력이기도 하다. 남들이 좋다고 해도 좀체 감흥을 일으키지 않는데.

주인공의 부모가 하는 초라한 식당 풍경, 어머니가 딸을 껴안는 장면에서 보여주는 표정.

아니 에르노의 자전적인 배경이기에 더 감동을 준다. 역시 프랑스 문학이야, 역시 프랑스 영화야, 하는 느낌이 든다. 오랜만에 든 생각이다. 아니 에르노의 문학도 재평가하게 된다. 문학평론가 이재룡처럼.

허구의 허구를 다시 생각하게 된다. 한은형이란 작가가 최근에 《서핑하는 정신》이란 책을 내어서 보았는데 좋아하는 작가라서 완독을 했다. 작가가 서핑을 실제로 하지는 못하는 것 같았다. 반드시 경험을 해야지만 글을 쓸 수 있다고 생각하지는 않지만. 그래도 요즘 젊은이들이 사는 모습을 엿볼 수 있고 신선한 상황과 공감이 되는 구절들이 있었다. 그 작가와 실제로 만난 적은 없지만 책의 공저로서 같이 참여한 적이 있어 문자를 주고받는 사이이기도 하다. 지난번 내었던 책 《레이디 맥도날드》는 참 좋았고, 신문에 술에 관한 에세이를 쓰고 있기도 하다.

흐린 날이다. 어제는 비가 왔었지. 흐르는 계곡의 물
소리가 들린다. 오늘은 맨발로 아차산에 올라가려 한다.
천천히.

아티스트 한애규

어제는 뜻하지 않게 시내 외출을 하게 되었다. 나의 신체 리듬이 영 돌아오지 않았는데 차를 몰고 서촌에 가는 동안 마음이 정리되었다.

그리고 아트사이드갤러리에서 친구 한애규의 전시를 보게 되었다. 애규는 그 전날 오픈하고 뒤풀이를 하느라 그날은 늦게 나온다고 했다.

초등학교 때부터 알던 친구. 정릉의 그 애 집에서 뜨 거운 여름날 과외 공부도 했었지. 그 집은 문화주택 단지 에 지어진 양옥이었는데 참 좋기도 하고 황량하기도 했다. 그 의미를 아는 사람이 있을까? 정릉은 서울의 먼 외곽이 었다. 다 억척스러운 엄마의 기획 아래 있을 때였지. 거기 까지 버스를 타고 가서 종점에 내리면 흙바람이 불었어.

아트사이드갤러리에서의 두 번째 전시. 2018년에도 했었다. 나는 차를 세우고 갤러리에 들어서자마자 감탄한다. "이건 보석이야. 다이아몬드야." 흙을 빚어 보석을 만드는 여인이 내 친구 애규이다.

아래층의 전시도 놀라웠다. 사막을 가로지르는 여인들의 군단. 서안에서 보았던 토용이 연상되었지만 그걸 넘어서는 현재의 작품, 저 여인들을 세운 아티스트.

저 말들을 보아라. 포효하는 말갈기를 보아라. 나는 혼자서 작품들과 눈을 마주치고 여인이 껴안고 있는 푸른 병을 나도 같이 꼭 껴안았다. 아름답다고 하기엔 처절하고 처연한, 그러나 힘이 있어 아름다운. 지지 않는 결기와 기운에 한참을 서 있었다. 그 슬픈 짐승의 눈과 마주쳐 보아라. 흙을 빚고 빚어 보석이 되었네. 푸른 그림자가 깊은 바다가 되었네. 말의 붉은 꼬리를 보니 휘날리고 싶어진다. 또 살고 싶어진다. 대륙을 달리고 싶어진다. 나에게도 붉은 꼬리가 있다면. 말의 눈과 마주친다. 모래와 바람과 햇빛에 지친 눈과 마주친다.

나는 친구를 만나고 싶지는 않았다. 너무 큰 콘셉트, 표현할 수 없는 노역을 알기 때문이다. 마주 보고 어떤 말을 할 수 없다.

　애규에게 간단한 메시지를 보낸다. 애규는 "에구머니나, 고맙다" 답이 온다.

강인숙 관장님

서촌에서 한애규 전시를 보고 또 가야 할 데가 있었다. 자하문터널을 지나 평창동으로 향한다. 영인문학관에 편지들을 전하러 가야 한다. 등기로 부쳐도 된다지만 예의가 아닌 것 같아 직접 간다. 학예사는 토요일이라 출근을 안한다고 해서 강인숙 관장님께 전화를 드리니 오라고 하신다. 자하문터널을 지날 때 특별한 느낌이 오간다. 세검정 가는 길, 〈기생충〉에 나왔던 그 명장면이 떠오른다.

　이제는 혼자 계시는 사저에 가보기는 처음이다. 2층은 이어령 선생님이, 아래층은 강인숙 선생님의 거처이다. 거실에 걸린 이어령 선생님의 사진에 절을 한다. 안방에도 있어요, 하신다. 침실에도 다른 사진이 걸려있다. 돌아가셨지만 같이 사시는 것 같다.

내가 온 것을 반기신다. 그리고 캐모마일 차를 끓여주신다. 나는 이우환의 그림이 디자인된 하얀 찻잔을 바라본다.

나의 20년 선배인 강인숙 선생님은 친숙하다. 문학적인 연구 방향이나 취향이 같다. 물론 연구자로서의 넓이와 깊이를 비교할 수 없지만.

내가 골라온 서한들을 모두 만족해하신다.

초정 김상옥 선생님, 백낙청 선생님의 위로의 편지.

이학수 선생님의 귀한 편지.

이태동 선생님의 문학적인 편지.

김윤식 선생님의 짧고도 여운이 짙은 편지.

탤런트 김혜자의 재치있는 편지.

번역자들이 작가에게 문의하는 편지.

그 글씨들이 살아 움직인다. 아마도 그래서 친필이 중요한가 보다. 강인숙 선생님은 학예사에게 리스트 정리를 맡기신다.

선생님은 "당신 죽는 건 괜찮은데 아픈 건 걱정이야" 하신다. 그러나 부군의 죽음을 보고 겪어낸 아내의 늠름함이 빛난다. 나에게 이어령 선생님의 책을 사인해서 주신다. 제목은《너 어떻게 살래―인공지능에 그리는 인간의 무늬》. 하얀 펜으로 사인을 해주신다.

"사랑하는 원숙 씨에게 이어령 선생의 책을 드립니다."

얼마나 사랑했을까 얼마나 존경했을까.
세상에는 믿을 수 없는 사랑이 존재한다.
나는 창밖을 보며 캐모마일 차를 마신다.
다시는 오지 않을 시간이라는 걸 안다.

전쟁일기

아주 한참 남은 줄 알았던 여름이 다가왔어. 부활절이 지나니까 자연이 가속이 붙은 것처럼 가고 있어. 5월에 피는 줄 알았던 모란이 4월의 끝자락에 피어오르니까 작년 사진을 찾아보았지. 그랬더니 올해와 비슷한 날에 핀 거야. 사람의 기억은 믿을 수 없는데 식물의 기억은 정확하네. 이제 숲이 연녹색에서 녹색으로 다가오고 있어. 꽃이 떨어지니 나무마다 열매를 달고 있네. 매실 살구 블루베리 그리고 사과, 마당에 작은 열매들이 익어가길 기다리는 계절이야.

모란이 뚝뚝 떨어지네. 그 장했던 꽃이. 이파리가 타듯이 말라가며 뚝뚝 떨어져.

글쎄 올해는 작은 기쁨이 있었어. 자주색 모란과 백모란이 나란히 심어져 있었는데 씨가 떨어져 새끼 모란이 올라오고 모종을 옮겨 심었더니 분홍빛 모란이 한 송이 핀 거야. 꽃이 핀 것도 신기한데 분홍색이 어쩌나 고귀한지. 하느님이 물감을 섞어 만든 색깔이야. 나는 손뼉을 치며 환호성을 질렀지. 담장 밑에서 늦게 핀 작고 여린 꽃이 이제 져가는 중이야. 그래도 이파리가 어쩌나 생생한지 내년에는 여러 송이를 피울 것 같아.

숲은 연둣빛에서 녹색으로 숲속 오동나무의 연보랏빛이 흔들리네.

그런 자연의 향연 속에 나는 좀 시름시름 아팠어. 눈이 충혈되고 재채기가 크게 나오면 뼛속까지 울리게 되고 종일 훌쩍거렸어. 전형적인 알레르기 현상인데 어쩔 도리가 없었어. 나에게는 오래된 계절병이라고 할까. 먼 곳의 재난보다 내 몸의 지병이 나를 꼼짝달싹 못 하게 하는 거야.

얼마 전 우크라이나 아이들이 부활절 계란 만드는 사진이 난 신문을 오려두었어. 우크라이나의 한 대피소에서 피난민 아이들이 촛불을 켜놓고 달걀 공예품을 섬세하게 만드는 모습이 어쩌나 성스럽게 보이던지 마치 오래된 명화인 줄 알았어. 그러나 현재 지구의 한 자락에서 일어나고 있는 슬프고도 아름다운 장면, 저렇게 정성스레 계란을 장식하면서 부활을 맞는 아이들의 진지한 표정을 한참 들여다보았어.

나는 쿨룩거리면서 반성을 했어.

우크라이나에서 아이 둘을 데리고 탈출한 작가 올가 그레벤니크의 《전쟁일기》를 보았어. 전 세계에서 가장 먼저 출간되었다고 해. 연필로 그린 그림의 선과 절박한 짧은 글이 생생했어. 전쟁 중 언제 어디서 헤어져 잃어버릴 수도 있는 아이들의 팔에 이름과 주소와 전화번호를 적어놓은 그림을 오래도록 바라보았어. 전쟁이 일어난 후 8일 동안의 기록인데 노부모와 남편은 우크라이나에 남겨놓고 아이들만 데리고 불가리아의 안전지대로 데리고 오는 과정을 그리고 있어. 아이들이 안전한 곳에 있으니 가슴을 쓸어내리며 다행이라고 생각하면서도 아직 전쟁터에 두고 온 가족들과 집이 오죽이나 눈에 밟힐까? 우리는 전쟁을 직접 겪지 않았더라도 부모 세대가 절절하게 겪은 경험이 우리의 기억 속에도 잠재해 있는 것 같아. 그들의 고통이나 아픔이 그대로 전해지네.

어머니가 쓴 《그 산이 정말 거기 있었을까》에서 어린 조카들을 데리고 피난을 가는 중 교하라는 곳에서 잠시 평온을 찾는 장면이 떠올라. 기침이 멈추지 않은 어린 조카에게 집주인 마님이 호두를 쪄서 기름을 내어 먹여주는 모습이 눈에 보이는 듯해. 전쟁 중에도 은인이 있어 그 재난을 이겨낼 수 있었던 거지. 작가가 기록을 하지 않았으면 다 묻혀 사라져갈 장면이겠지.

나는 책을 다시 읽으며 그때도 주님이 지켜주셨겠지 생각하고 있어. 그때 어머니에게는 성경책도 묵주도 없었지만 나는 그렇게 생각한단다. 인간의 존엄을 잃지 않을 때에는 언제나 주님이 곁에 함께 계셨다고.

저녁이면 안집 안방에 등잔불을 밝혀놓고 마을 처녀들이 모여 앉아 수를 놓는 것도 전쟁과 굶주림의 공포에 쫓기는 신세의 눈으로는 별세계의 풍경으로 비쳤다. 신랑감은 하나도 남아있지 않은 여자들만의 마을에서 베갯모나 횃댓보 따위 혼수를 수놓는다는 것은 어차피 비현실적일 수밖에 없었다.

《그 산이 정말 거기 있었을까》의 한 페이지를 넘기며 70년이 넘은 이 땅의 전쟁 기억을 불러일으키게 되네.

네가 3주 동안의 프라도 수녀회 총회에서 통역일을 마치고 리옹을 떠나던 날 체리꽃 위로 함박눈이 내리는 풍경이 나의 머릿속에서도 떠나지 않았어. 뜻밖의 일들이 일어나는 상징 같아 보이기도 했어. 그러나 하루의 기상이변일 뿐 체리나무에 체리가 열리겠지? 가보지도 않은 리옹시와 리옹역이 마치 소설 속의 장면처럼 떠오르는구나. 하얀 체리꽃이 핀 도시를 생각했지.

요즘은 인류를 사랑하는 것보다 한 사람을 사랑하는 게 어렵다는 생각이 드네. 또 내 자신을 온전히 아끼고 사랑하는 것이 쉽지 않아. 나는 바보처럼 그래서 주님의 사랑이 필요하구나 하며 중얼거리지. 내가 사랑으로 충만해야 사랑할 수 있고 기도할 수 있을 것 같아. 그래서 주님의 사랑을 어린아이처럼 간구하게 되나 봐.

주님께 간구한단다.
사랑할 힘을 달라고.

그리고 나는 주님께 분별력을 주십사 기도해. 세상에서 일어나는 부조리와 폭력을 바라보며 어떻게 살아가야 할지 어떤 눈으로 세상을 바라보아야 할지 어떤 마음으로 기도해야 할지 물어본단다. 주님은 어떤 방법으로라도 응답해 주신다는 믿음을 갖고 있어.

참고 문헌

*언급된 순서를 따름

1장 권대웅,《나는 누가 살다 간 여름일까》 수록 시 〈보문동〉,

문학동네, 2017

2장 노순자,《월간문학 2022년 1월호》

〈탁월한 소설미학의 박완서 그 사람〉, 한국문인협회, 2022

3장 하태임,《현대문학 2022년 3월호(No. 807)》 수록 산문

〈현대문학을 위한 드로잉 프로젝트〉, 2022

박완서,《그 많던 싱아는 누가 다 먹었을까》, 세계사, 2015

아치울의 리듬

1판 1쇄 발행 2023년 5월 19일

지 은 이   호원숙
펴 낸 이   신혜경
펴 낸 곳   마음의숲

대   표   권대웅
편   집   윤소현 김도경
디 자 인   유미소
마 케 팅   조아라

출판등록   2006년 8월 1일(제2006-000159호)
주   소   서울특별시 마포구 와우산로30길 36 마음의숲빌딩(창전동 6-32)
전   화   (02) 322-3164~5 팩스 (02) 322-3166
이 메 일   maumsup@naver.com
인스타그램   @maumsup
용지 월드페이퍼(주) 인쇄·제본 (주)에이치이피

ⓒ호원숙, 2023
ISBN 979-11-6285-141-8 (03810)